L'Amour plus fort que la guerre

Jacques Quintin

L'Amour plus fort que la guerre

Roman

LE LYS BLEU
ÉDITIONS

ISBN : 979-10-377-7447-7

Avant-propos

Cette histoire sur les Vendéens a commencé, pour moi, en juillet 1979 alors que j'avais acheté une maison dans le bourg de Prinquiau.

Je plantais des piquets pour mettre une clôture afin de délimiter mon terrain, lorsqu'un homme vint vers moi. Je m'approchais, me présentais, il entama la conversation sur les banalités d'usage entre gens qui ne se connaissent pas, puis il en vint à me dire ce qu'il avait sur le cœur. Il m'apprit que je venais d'acquérir une partie de son ex-propriété et que cela le peinait beaucoup car cette parcelle était le fruit d'un don qu'il avait fait il y a quelque temps à une personne chère.

— Ce lopin de terre était dans la famille depuis des générations et même avant ! me dit-il, un sanglot dans la voix.

Cet aveu me mettait mal à l'aise et pour garder une attitude conciliante, je l'invitais à se rafraîchir dans ma cave auprès d'un verre de muscadet. Nous prîmes place dans le sous-sol, il faisait si chaud dehors, et après plusieurs tournées, il me narra ce qui me permet aujourd'hui de vous transmettre son message.

Il commença son histoire en me disant : « Mon grand-père m'a dit que… » Je réfléchissais en calculant les âges respectifs des personnes en question et trouvais cela plausible. Le vieillard assis en face de moi avait au moins quatre-vingt-dix ans, si son aïeul en avait autant lorsqu'il lui fit ses confidences, on remonte près de l'année 1800. Étant donné les événements extraordinaires qui se sont déroulés à cette époque sur la « Butte de Sem », je pense que le souvenir collectif n'a pas oublié les atrocités vécues par les Vendéens en décembre 1793. Le récit qu'il me livrait était donc la première redite. Avoir un tel trésor est une bénédiction, moi qui suis un passionné d'Histoire et d'histoires. Nous ne sortîmes de ma cave que plusieurs heures plus tard et ma clôture dut attendre le lendemain. Cet homme que je ne connaissais pas voilà trois heures venait de me livrer le récit le plus inattendu, le plus pittoresque, le plus puissant en émotions que je n'aie entendu ou lu sur les guerres de la Révolution. Il est vrai que je venais d'arriver dans la région et ma connaissance des particularités locales ne m'était pas encore familière.

Je transmets un témoignage que j'ai reçu par hasard, qui m'a semblé si fort qu'à mon tour, je me dois de le communiquer. Ce qui suit est un roman sur les conditions de vie dans la Loire inférieure et plus particulièrement dans le Pays de Retz à la fin du dix-huitième siècle.

Le premier chapitre commence donc au début du récit du vieil homme, j'y ai ajouté des références historiques pour la compréhension du contexte. Les personnages sont imaginaires, les noms de famille sont des noms d'emprunt et toute ressemblance avec des personnes vivantes ou ayant existé ne serait que pure coïncidence.

Chapitre 1
La bataille de Prinquiau, 23 décembre 1793

Depuis quelques jours, l'armée vendéenne ne pense qu'à retourner au plus vite sur ses terres ancestrales, là où a commencé le 11 mars 1793 l'émeute sanglante de quelques paysans de Machecoul refusant la conscription imposée par le gouvernement et organisant une fronde générale de la Vendée, des Mauges au Pays de Retz, avec en point d'orgue, la Virée de Galerne.

Après tant de batailles gagnées, puis perdues, tant de frères de combat disparus au gré des péripéties et des aléas des bivouacs improvisés, des escarmouches des Bleus, des espoirs déçus, des trahisons d'état, ou des manœuvres d'intérêts particuliers, les quelques rescapés de cette étrange tragédie attendaient avec fatalité le sinistre dénouement de cette épopée.

La veille de cette ultime tuerie, les restes de l'armée vendéenne, environ cinq mille personnes, étaient enfermés dans la ville de Savenay et se préparaient au dernier combat non sans angoisse. Le rapport des forces en présence était largement en faveur des soldats de la République.

Sentant la situation perdue, Monsieur de Marigny, commandant l'artillerie royaliste, insista auprès de la future marquise de La Rochejaquelein, Madame de Lescure qui était enceinte, de s'éloigner de Savenay pour trouver refuge dans la campagne environnante. Elle quitta donc les insurgés de nuit accompagnée de sa mère, de l'aumônier de l'armée et de quelques personnes.

La bataille s'engagea par une canonnade très fournie aux premières heures du jour, ce qui provoqua de gros dégâts matériels et humains mais surtout anéantit le courage d'une partie des assiégés.

Après de terribles combats qui avaient causé des pertes irrémédiables ne laissant aux survivants que le choix de fuir sans pouvoir récupérer ni les morts ni les blessés, la débâcle était totale. Chacun se sauvait sans savoir où aller, droit devant lui, poussant et bousculant tout ce qui entravait son passage. La solidarité des premiers jours n'était plus de mise et c'était du chacun pour soi et Dieu pour tous, mais Dieu existait-il encore ; et si oui, dans quel camp se cachait-il ?

Il était un peu après midi lorsque les derniers tirs se turent, une file d'êtres harassés, livides, apeurés, choqués par ces derniers instants d'apocalypse vécus dans la hantise de perdre la vie à tout moment, errait au hasard des chemins en espérant trouver la Loire.

Ce nom de Loire était pour ces survivants de l'enfer, leur dernier espoir. Traverser la Loire et tous leurs malheurs seraient finis, pensaient-ils. Mais où trouveraient-ils le moyen de passer de l'autre « côté de l'eau » ? La Loire était là, pas très loin, à moins de deux heures de marche. Le soir allait tomber en même temps qu'une fine pluie de décembre, glaciale et silencieuse qui pénétrait les hardes des miséreux et faisait gémir les blessés qui ressentaient encore plus douloureusement les affres de leur chair meurtrie.

Les plus fatigués s'arrêtèrent dans les bois de « Blanche Couronne » et espéraient le même sort que celui de la légende qui veut qu'une jeune fille que l'on forçait à se marier échappât à son conjoint non désiré en se réfugiant dans les marais de « Blanche Couronne ». Malheureusement, les cavaliers des armées de la Convention lancés à la poursuite des fuyards les encerclèrent rapidement et obtinrent leur reddition. Les prisonniers furent fusillés sans autre forme de procès bien qu'on leur promit la liberté et la vie sauve en cas d'arrêt des hostilités.

Une difficulté nouvelle attendait le reste des Vendéens, après une bonne heure de marche vers l'ouest, la route cheminait désormais parmi les premiers espaces inondés des marais de Brière.

Il fut décidé à s'arrêter sur un petit monticule qui surplombait quelque peu les marais glauques et noirs afin de ne pas ajouter de morts par noyade à l'hécatombe vécue durant la journée. La pluie avait cessé mais la terre détrempée du marécage ne laissait que peu d'espace sain pour pouvoir s'établir de façon satisfaisante. En contrebas de ce tertre se trouvent quelques masures avec un maigre bétail, le lieu-dit s'appelle « Les Forges » et un peu plus loin le hameau de « Sem » laisse apparaître par moment des lueurs lorsque les villageois ouvrent leur porte pour partager leur peu de ressources avec les naufragés de l'Histoire.

Certains blessés laissés sans soins étaient morts d'épuisement non sans avoir demandé de l'aide mais en vain car les rescapés étaient déjà fort occupés à sauver leur propre peau et celle de leurs proches. Si vous aviez la malchance d'être mal en point et seul, il ne vous restait plus qu'à prier pour votre salut.

Le gel avait recouvert silencieusement tout et tous. Certains s'étaient réfugiés dans les angles de vieux murs de bâtiments depuis longtemps tombés en ruine. Les charrettes laissées dans les prés servaient d'abri de fortune avec ici une toile déchirée servant de tente, ou là quelques branches entrecroisées supportant une vieille porte récupérée dans une écurie à l'abandon. La vie essayait de repousser les limites du possible, de l'incroyable, du sordide et du merveilleux en même temps. L'obstination à vivre que manifestent les Hommes dans les circonstances extrêmes n'a de comparaison que l'acharnement que d'autres mettent à détruire leurs semblables.

La « Butte de Sem » grouillait de masses informes crottées se déplaçant de façon maladroite, glissant dans la boue et la fange que la dysenterie des moribonds avait ajoutées aux malheurs des rescapés de la bataille de Savenay. Désormais, il était possible de voir que la situation n'était pas brillante. Il n'y avait que quelques hommes valides, peu d'armes à feu et avec la boue et la pluie, la poudre était humide. Les femmes et les vieillards semblaient en majorité. Très peu d'enfants avaient survécu.

L'eau des marais avait gelé sur les bords et les roseaux hérissaient leurs feuilles acérées telles des pointes de lances dirigées vers un ciel gris et bas. Il régnait un silence que seuls les marécages semblent connaître avant que les cris d'un vol d'oies de passage ne les animent momentanément.

L'espace où se trouvaient les restes lamentables de ce qui fut l'armée vendéenne ressemblait à un îlot au milieu d'un archipel de terres immergées dans un dédale d'eau gelée où au loin quelques fumées indiquaient un village que personne ne voyait.

Les survivants n'eurent pas le temps de se poser la question de savoir comment se sortir de cette impasse. Dans la campagne environnante, on entendait le galop des chevaux et le roulement des attelages tirant les affûts de canons. Le bruit venait de Savenay et également du Sillon de Bretagne d'où la position surélevée par rapport au marais permettait aux généraux de l'armée républicaine de peaufiner les actions nécessaires pour mener à bien l'éradication de ces ennemis de la République.

Avant de s'élancer à l'assaut de ces irréductibles Vendéens, appelés « brigands » par la Convention, pour justifier le génocide, un détachement de l'armée républicaine fit un détour par Prinquiau où le château de l'Escurays avait reçu la nuit précédente la visite de Madame de Lescure qui cherchait un lieu sûr pour se reposer. Elle n'eut que quelques heures de répit avant de continuer son périple de cachette en refuge chez les paysans de la région où elle accoucha de jumelles début 1794. Les Républicains, ne trouvant pas ce qu'ils cherchaient, mirent à sac le château et détruisirent le toit de la petite tour centrale du bâtiment, cet ancien colombier du Moyen Âge, privilège de la noblesse, et rejoignirent le reste de l'armée avant le coup de grâce porté à la « Butte de Sem ».

Il n'y eut que très peu de préparation avant les salves d'artillerie car la terre mouillée n'offrait pas suffisamment d'assises pour assurer un tir précis et la majorité des premiers boulets se perdirent dans les marais ou dans les prairies alentour. Les généraux des Bleus envoyèrent donc la cavalerie pour porter un coup fatal à la résistance vendéenne. Les différents détachements s'élancèrent de plusieurs endroits, du nord et de l'est pour prendre la « Butte de Sem » en tenaille sachant que les parties sud et ouest étaient inaccessibles car inondées.

Les premiers chocs entre cavalerie et fugitifs furent d'une violence extrême. Les Vendéens avaient placé des dispositifs en épi constitués de pieux, de fourches, de pierres récupérées un peu partout afin de briser l'élan des vagues d'assaut dont ils se doutaient bien être l'objet. Dans un espace aussi réduit que le sommet de la « Butte de Sem », il était impossible de garder un cheval au galop et le fait d'éviter les obstacles soit en sautant par-dessus, soit en les contournant fit que de nombreux cavaliers furent désarçonnés et devinrent les premières victimes. Rapidement, on en vint au corps à corps lorsque l'infanterie chargea pour porter l'estocade.

Le Général Westermann avec ses « Hussards de la mort » continuait charge après charge à traquer les survivants et on entendait le bruit des os qui se broyaient sous les sabots des chevaux lorsque ceux-ci marchaient sur une personne à terre. Il n'y eut que très peu de survivants parmi ceux de la « Butte de Sem », les hommes prisonniers furent fusillés, les femmes combattantes le furent aussi ainsi que les enfants pris les armes à la main. On ne saura jamais exactement combien (entre six cents et sept cents) de ces malheureux reposent au cimetière de Prinquiau.

Le général Marceau qui commandait le 10e régiment de Hussards demanda à être relevé de son commandement suite au comportement cruel et inhumain de ses hommes lors de cette bataille, il ne voulait plus combattre contre des Français. Il avait vu ses soldats commettre les pires atrocités, complètement déchaînés, ils avaient tué, étripé, violé, démembré, comme pris par une hystérie collective, rendus fous par les paroles vindicatives proférées par le général Westermann afin de galvaniser ses troupes avant l'assaut qu'il savait décisif.

Quelques rares Vendéens purent échapper au massacre et traverser la Loire.

Trois d'entr'eux, accompagnés d'un prinquelais, étaient partis chercher des éléments pour renforcer les défenses de la « Butte de Sem » près du marais lorsque la charge de cavalerie fondit sur le camp retranché. Ils se trouvaient sur le côté sud de la butte là où il n'y a pas d'accès par la route. Ils étaient près d'un ancien mur assez haut qui d'après les dires du gars de Prinquiau appartenait à un ancien château démantelé il y a fort longtemps. Ce mur de soutènement était renforcé de trois arcades peu profondes qui servaient à abriter du matériel agricole hors d'âge. Ils entendirent le carnage se dérouler à quelques centaines de mètres d'eux, les ordres donnés par les chefs des deux camps, les cris, les plaintes, les vociférations, les chocs des armes blanches, les salves de fusils, les hennissements des chevaux, le sol qui tremble sous les charges de cavalerie. Ils furent témoins de tout cela, pétrifiés durant un certain temps, puis pensant à sauver leur vie, ils cherchèrent un endroit sûr où personne ne viendrait les dénicher.

Honoré, le gars de Prinquiau, les dirigea vers le vieux mur. Ils déplacèrent les restes de quelques vieux araires, bousculèrent tout un ensemble de fagots, de perches qui servaient à faire les meules de foin, tout un tas de vieux outils hors d'usage, cassés, démontés partiellement pour réemploi dans un nouveau produit, des planches, des branches, et tout ce que le vent avait amené là et s'était entassé. Ils remirent soigneusement en place derrière eux les différents éléments afin que l'on ne puisse savoir que quelqu'un se cachait derrière.

Nos trois Vendéens et Honoré le Prinquelais étaient tapis au sol dans l'herbe humide depuis peu lorsque surgirent deux cavaliers qui visiblement étaient chargés de débusquer les fuyards éventuels. Ces gardes montés firent le tour de l'espace qui descendait vers le marais, ils n'y virent pas de personnes en fuite et reprirent le chemin du retour. Ils étaient presque hors de vue quand l'un des deux fit demi-tour et se dirigea vers le mur tout en regardant le sol où les traces dans la prairie humide indiquaient le passage récent de survivants. Le cavalier arrêta sa monture, considéra le tas de bric et de broc amassé devant lui, appela son compère resté en recul et lui demanda quelque chose dans une langue ou un patois quc nc comprirent pas nos amis. Le second cavalier disparut et revint quelques instants plus tard une torche enflammée à la main. Il s'avança vers le tas de fagots et y mit le feu, il en fit autant avec les perches et les quelques planches devant lui. Avec l'apparition du feu, les chevaux reculèrent et firent montre de leur agacement ce qui obligea les hommes à maîtriser leurs montures qui se montraient rétives.

La peur de brûler vifs se lisait dans les yeux des fugitifs, ils étaient allongés par terre, coincés derrière une fournaise qui se rapprochait d'eux et bloqués par une muraille vieille certes mais solide et de surcroît sans armes pour se défendre. C'est alors qu'Honoré poussa une grosse pierre au bas du mur qui laissa apparaître un trou pouvant permettre le passage d'un homme à condition de ne pas être trop corpulent et de savoir ramper dans la boue. Il n'y eut aucune discussion, dans les secondes suivantes les quatre rescapés de la tuerie étaient de l'autre côté du mur. Honoré avait pris soin de prendre un brandon dans le foyer allumé par le cavalier et de replacer la pierre pour obturer l'ouverture dans le mur.

L'endroit où ils se trouvaient était un espace de petite taille dont le sol était boueux car des eaux de ruissellement coulaient le long des parois de la muraille. La lueur de la torche faisait apparaître des ombres vacillantes empreintes de teinte rougeâtre qui donnait une allure d'antichambre de l'enfer.

— Comment connais-tu cet endroit ? demanda Henry, l'aîné des frères Méchineau, à Honoré.

— C'est ici que nous cachons le gibier que nous braconnons avant de le manger.

Les Vendéens se mirent à rire en se disant qu'ils avaient de la chance d'être tombés sur un gars débrouillard.

Pendant ce temps, les deux cavaliers attendaient de l'autre côté du mur en faisant faire les cent pas à leur monture de part et d'autre du brasier qui finissait de se consumer. Si des fugitifs se cachaient près du mur ils n'avaient que deux solutions, ou mourir brûlés, ou se sauver ; auquel cas, ils leur feraient leur affaire étant plus mobiles et plus rapides que ces miséreux affamés. Le feu baissa d'intensité puis ce ne furent que des fumerolles incandescentes qui s'éternisèrent sous le souffle du vent. Pas de signe de vie, avant de partir, ils firent encore une fois le tour de la prairie et disparurent au détour du chemin qui les ramenait vers l'horreur des charniers.

Joseph Robineau, le troisième Vendéen n'aimait pas cet endroit exigu où la lumière incertaine de la torche commençait à donner des signes de faiblesse. Il fit savoir à Honoré qu'il lui fallait sortir immédiatement car des crises d'angoisse le submergeaient et allaient le rendre incontrôlable. Honoré fit comprendre à ses compagnons d'aventure qu'il devait d'abord s'assurer que la voie était libre avant de tenter une sortie de leur cachette inespérée. Honoré prit les mains de Joseph, se pencha vers lui, murmura quelque chose à l'oreille de ce dernier et se concentra fortement sur les mots qu'il venait de dire et que seul Joseph avait entendus. Il n'y eut plus un bruit dans la caverne jusqu'à ce qu'il reprenne son aspect normal. Les frères Méchineau avaient vu la transformation d'Honoré pendant son silence, il était totalement absorbé par sa démarche et sa volonté de calmer Joseph. Dans son attitude recueillie transparaissaient la bienveillance et la sérénité. C'était la première fois que les frères Méchineau voyaient un guérisseur en transe.

Une fois Joseph calmé, Honoré éteignit la torche, déplaça la pierre qui leur servait de passage, inspecta visuellement les environs et après mille précautions sortit en premier vers la nuit noire. Il rampa jusqu'à un tas de cendres encore fumantes et s'immobilisa, il resta ainsi pendant plusieurs minutes qui semblèrent une éternité. Se retournant vers le mur Honoré fit un signe que la voie était libre, tour à tour, les survivants glissèrent dans la boue et les cendres. Toujours plaqués au sol, les quatre fugitifs rampèrent en silence jusqu'à atteindre le bord du marais. Honoré leur dit qu'à partir d'ici on ne pouvait plus les suivre à la trace, donc ils étaient enfin libres, par contre, marcher dans l'eau est bruyant et par cette température glaciale fort peu conseillé. Ils avancèrent prudemment jusqu'à la lisière d'un bois qui bordait le marais et ainsi, à l'abri des arbres qui les protégeaient du vent du nord et de la vue des soldats de la République, ils arrivèrent près de la route de Besné.

Ils longèrent la route sans jamais l'emprunter car ils pouvaient à tout instant être l'objet d'un contrôle de soldats sortis des fossés et placés là pour surveiller les potentiels survivants de la dernière bataille. Ils arrivèrent donc au « Moulin du Temple » dont le meunier était l'oncle d'Honoré. Impossible d'y accéder, une escouade de soldats y avait établi son campement. Honoré qui connaissait les lieux comme sa poche fit entrer les Vendéens dans un souterrain qui se trouvait à quelques mètres du moulin et dont l'entrée était obstruée par une vieille meule de pierre hors d'usage posée là pour la circonstance. Il fit entrer les frères Méchineau et reprit les mains de Joseph afin de calmer son angoisse en attendant qu'il revienne de chez son oncle avec des provisions. Honoré disparut dans la nuit et revint quelque temps après avec de quoi boire et manger.

— As-tu vu ton oncle ? demanda Charles, le deuxième frère Méchineau.

— Non, répondit Honoré, ce que je vous rapporte c'est la République qui vous l'offre, je viens de le faucher aux Bleus. J'ai pensé que c'était aussi bien que mon oncle ne sache rien de notre escapade car à un moment ou à un autre quelqu'un va s'inquiéter de ne plus nous voir et ils vont faire des recherches et immanquablement, ils passeront ici.

Nos rescapés du désastre se restaurèrent en silence et parlèrent de leur avenir proche. Comment rejoindre leur terre natale ? Comment rejoindre la Loire sans attirer l'attention des soldats de la République ? Comment traverser le fleuve ? Comment se déplacer dans leur Vendée qu'ils n'avaient pas revue depuis plusieurs mois et qui avait sûrement bien changée ?

Chapitre 2
Comment rejoindre la Loire ?

Honoré et ses trois compagnons d'infortune étaient dans un état pitoyable, noircis par la cendre dans laquelle ils avaient dû ramper, crottés par la boue de la prairie, trempés par l'eau du marais. Ils avaient un besoin urgent de changer leur apparence qui trahissait l'épopée qu'ils venaient de vivre. Il leur fallait donc trouver de quoi se laver et surtout des vêtements propres et chauds. Ils contournèrent le bivouac des fantassins républicains qui leur avait fourni par chapardage de quoi se restaurer et prirent le chemin du « Bois Divet » avec mille précautions. Ils arrivèrent chez un charron nommé Cyprien Lesage également de la famille d'Honoré et purent s'habiller de neuf, pas toujours à leur taille ou à leur goût. Pour la toilette, ce fut plus simple car comme il pleuvait, l'eau ne manquait pas.

Honoré conduisit sa petite troupe vers la rivière qui contourne le bourg de Besné. Arrivé sur les bords du Brivet, il fit attendre ses amis sur la berge à l'abri d'un bouquet de saules dont les branches penchées vers l'avant semblaient entrer dans l'eau. Peu de temps après, il réapparut à bord d'une barque qu'un homme poussait à l'aide d'une perche, debout sur la plage arrière. Cette barque glissait sur l'onde sans faire ni bruit ni vague, c'était le moyen de transport idéal pour passer entre les lignes ennemies sans se faire remarquer.

Assis au milieu du frêle esquif, les trois Vendéens demandèrent à Honoré de leur expliquer les raisons de son choix. Honoré attendit d'être dans un endroit où la rivière commence à traverser le marais de Brière, loin de toute habitation et de tout chemin. Leur guide cessa d'avancer à la perche et attendit que la barque s'immobilise sur une touffe de roseaux avant de leur dévoiler sa stratégie.

— Vous voulez rejoindre votre pays, c'est normal, pour cela il faut traverser la Loire. Pour traverser la Loire, vous ne trouverez un passeur qu'à Montoir ou dans ses environs. Tous les passeurs ne sont pas sûrs, donc il faut en trouver un qui le soit. Pour arriver près de Montoir, j'ai choisi la rivière qui est beaucoup plus sécurisante que la route et en outre c'est plus court.

À peine avait-il fini son discours qu'il intima l'ordre à ses compagnons de se coucher au fond de la barque. L'homme qui perchait s'accroupit et doucement dirigea l'embarcation vers une roselière pour être à l'abri de la vue de quiconque. Bientôt, on vit la lumière d'une lanterne dans la nuit noire puis on entendit le clapot d'une barque chargée de douaniers qui assuraient la surveillance des lieux de passage de la contrebande de sel ou d'indiennes (tissus importés des indes). Une fois les gabelous passés, Honoré attendit un long moment avant de bouger et de communiquer avec ses congénères.

— Je vais vous laisser là et retourner chez moi, dit-il en s'adressant aux Vendéens. Jean Crusson vous servira de guide pour le reste du voyage et je vous demande de faire ce qu'il vous dira comme si c'était moi qui vous le demandais. J'ai une totale confiance en Jean et il connaît mieux la Brière que moi et sachez qu'à partir d'ici la seule chose qui est interdite c'est de se faire prendre, c'est la devise des Briérons.

Honoré descendit de la barque quelques instants plus tard sur un bout de terre envahie de roseaux et bientôt disparut dans la nuit noire.

Autant Honoré était petit et râblé avec des cheveux noirs et drus, autant Jean était longiligne et athlétique et on devinait sous son capuchon une tignasse mi-blonde, mi-rousse qui avait du mal à être contenue dans le volume de sa coiffe. Le morphotype de Jean devait lui venir de ses ancêtres vikings qui, il y a mille ans, se servaient de la Brière comme base arrière lorsqu'ils allaient ravager Nantes ou Tours en remontant la Loire.

— Mettez les bâches qui sont au fond de la barque sur vous pour vous protéger du froid et de l'humidité, dit Jean aux passagers. Cela pourra aussi vous servir de camouflage en cas de nécessité.

La pluie avait cessé mais désormais avec le jour qui s'annonçait, le froid se faisait plus mordant. L'aube se levait discrète et silencieuse tout comme la barque qui glissait sur une eau noire et épaisse de par sa composition tourbeuse. Un soleil timide inondait l'ensemble du marais, petit à petit la vie reprenait ses droits et laissait à la nuit ses peurs et ses doutes. Des canards sortaient des roseaux en saluant la venue de l'embarcation par des cancanements joyeux et bruyants. Des poules d'eau se lancèrent sur l'étier hésitant à traverser devant la barque et leur nage en dent de scie se termina dans une prairie qui formait la berge. Jean amarra l'embarcation à un pieu de bois qui sortait du marais et leur dit.

— Ne sortez pas du « chaland » avant que je ne sois revenu, c'est bien compris ! Pas de blague car vous ne connaissez pas l'endroit et vous pourriez rester dans la tourbe et mourir noyés.

Jean sauta sur le bord de la prairie et disparut derrière une légère déclivité du terrain qui empêchait de voir guère plus loin que le liston de la barque. Allongés au fond de la « plate », les Vendéens commencèrent à trouver le temps long après quelques minutes à observer le ciel où passaient des hérons silencieux. L'un des frères Méchineau sortit un fusil du dessous de la bâche et le brandit d'un air goguenard et triomphant.

— Qu'ils y viennent, qu'ils y viennent ! criait-il à des ennemis invisibles. Les deux autres passagers le regardaient médusés par tant de hardiesse et par l'apparition d'un objet aussi imprévisible qu'étonnant.

— Tais-toi donc ! vociféra le deuxième Méchineau à son frère tout en essayant de lui attraper le bras qui tenait le fusil.

Ils gesticulèrent tant et plus que bientôt la barque se mit à rouler bord sur bord d'une façon inquiétante, de l'eau s'engouffra par-dessus le liston et en un instant la « plate » se mit à couler lentement mais irrémédiablement. Les trois passagers se retrouvaient les pieds dans l'eau froide et noire, puis ce furent les genoux, puis le bas du ventre et enfin la barque se posa en douceur sur le fond du marais lorsque seules les épaules et la tête des trois Vendéens restèrent hors d'eau. Ils étaient tous hébétés de ce qui leur arrivait. La barque avait presque totalement disparu sous l'eau, seule la partie attachée au poteau apparaissait avec son cordage. Le fusil était toujours à bout de bras au-dessus de la tête du frère Méchineau qui dans un geste réflexe avait réussi à sauvegarder l'essentiel. Aucun des trois ne disait mot mais tous dans leur for intérieur se demandaient avec anxiété, qu'elle allait être la réaction de Jean ? Ils restèrent ainsi sans bouger jusqu'à ce que Jean revienne et le temps leur sembla long.

Jean réapparut accompagné d'une femme âgée, de petite taille, qui claudiquait d'une façon importante. Après un moment de silence qui, chez Jean, se traduisait par une profonde réflexion, celui-ci partit d'un grand éclat de rire imité aussitôt par Adèle qui se tordait les mains dans ce qui lui servait de tablier, une pièce de drap sale et usée.

— C'est pas la saison de la baignade, dit Jean sans s'arrêter de rire. Ce rire bien que rassurant n'enlevait pas la honte ressentie par les deux frères.

— Allez près du cordage à l'avant de la barque, dit Jean sur un ton qui se voulait autoritaire mais dont les éclats de rire rendaient l'ordre comique. Adèle aida les naufragés à sortir du marais en guidant leurs pas pour éviter qu'ils ne s'envasent davantage. Le dernier à sortir de l'eau détacha la corde du pieu pour la donner à Jean afin de récupérer l'embarcation.

— Vous irez chez Adèle pour vous sécher, insista Jean d'un ton sec.

Sans mot dire, les trois naufragés du marais suivirent Adèle qui les mena à une cabane faite de bouts de bois assemblés bizarrement mais qui présentait l'avantage d'être un abri contre le froid, la pluie et le vent. À l'intérieur, il faisait chaud mais on ne voyait guère plus loin que quelques mètres à cause de la fumée du foyer qui, ils l'apprirent plus tard, était alimenté par de la tourbe. La fumée faisait suffoquer les visiteurs, l'odeur âcre de la tourbe surprend toujours les non habitués et puis après quelque temps, on s'en accommode.

La masure était constituée d'une pièce principale qui tenait lieu de cuisine et de chambre, lui était adjointe une remise où vivait le bétail. Les trois Vendéens ôtèrent leurs frusques souillées et les déposèrent devant l'âtre afin de les faire sécher le plus rapidement possible. Pendant ce temps, Jean et Adèle s'étaient occupés à renflouer la barque. Pour ce faire, ils avaient mis à contribution la vache d'Adèle qui, attelée à la corde qui sortait du marais, avait lentement et avec quelques encouragements hissé l'embarcation sur le pré.

— Maintenant, il va falloir définir une stratégie pour sortir ces gars-là et leur permettre de rejoindre leur terre, dit Jean à Adèle sur le chemin qui les ramenait vers l'habitation. Adèle ne répondit pas tout de suite, puis après s'être appuyée sur un « mortas » qui servait de soutènement à son logement, lui dit dans un soupir :

— Tu sais que tu peux compter sur moi.

Adèle était une cabossée de la vie, née en pays bigouden, elle était issue d'une famille nombreuse où elle remplaçait sa mère auprès de ses frères et sœurs lorsque celle-ci était enceinte. Mariée de bonne heure à un jeune charpentier, elle avait couru les routes de Bretagne en quête d'un travail pour son mari. Au gré des chantiers, les enfants étaient venus grossir la famille qui vivait de plus en plus chichement. Le périple professionnel les emmenait vers Nantes et bientôt il fut nécessaire de parler une autre langue. Adèle se mit rapidement à parler français avec son entourage mais gardait sa langue maternelle à la maison. Le travail se faisait de plus en plus rare pour son mari, ils décidèrent de retourner chez eux et sur le chemin du retour ils firent halte dans un village briéron où le constructeur local de bateaux cherchait un compagnon, le mari d'Adèle fut embauché et les ennuis semblaient s'écarter. Il fallut trouver de quoi se loger, le mari d'Adèle trouva un espace hors d'eau au milieu du marais qui lui fut cédé pour construire sa maison. Les matériaux étant trop chers, il décida de construire avec des mortas (arbres en phase de fossilisation que l'on trouve sous la tourbe des marais). Le mortas est très dur et demande beaucoup d'efforts pour le travailler. À force de volonté et d'une grande dépense d'énergie, la cabane fut construite avec l'aide de quelques compagnons et de beaucoup de vin car le mari d'Adèle avait pris goût à la boisson et les occasions de consommer étaient de plus en plus nombreuses. Le ménage allait de plus en plus mal. Adèle vivait en recluse dans un monde étranger avec une famille à élever sans l'appui ni moral ni physique de l'homme qu'elle avait aimé et qui la délaissait pour ne rentrer que lorsqu'il avait trop bu. Puis un jour, il ne revint pas, le patron de son mari vint prévenir Adèle que l'on avait trouvé le cadavre d'un homme qui correspondait à son mari et qui avait fini noyé dans le marais. Ce que ne lui avait pas dit le patron c'est qu'il ne s'était pas noyé tout seul en voulant rentrer chez lui, mais suite à une bagarre d'ivrognes, on l'avait mis volontairement dans le marais en pensant qu'il s'en sortirait.

Joseph Robineau grelottait devant le feu qu'avait alimenté Adèle, il n'avait pas la même constitution physique que ses deux congénères, deux robustes gaillards qui dévoraient la vie à pleines dents. Le bain forcé que lui avaient imposé les Méchineau ne lui avait pas amélioré le moral qu'il avait déjà très bas. Depuis trois jours qu'il cavalait par monts et par vaux sous la pluie et le froid sans presque rien sur le dos ni dans le ventre, en dormant dans des fossés humides ou des coins de grange en plein vent, sa résistance à l'épuisement était atteinte. Pour parachever le tout, l'immersion en pleine Brière occasionnée par les élucubrations des Méchineau avait gravement dégradé sa santé car depuis, il claquait des dents et était pris de frissons importants dont il ne pouvait ni contrôler la fréquence, ni l'intensité. Il toussait très souvent et on sentait dans son désarroi que ses forces l'abandonnaient. Son corps était brûlant et des spasmes convulsifs agitaient tout son être.

Devant cette nouvelle situation, le programme des trois fugitifs était chamboulé. Devait-on laisser Joseph sur place et continuer avec les deux autres ou attendre que Joseph recouvre la santé et repartir plus tard ? Après un bref conciliabule entre tous, ils attendirent que la situation de Joseph s'améliore. Adèle fit coucher Joseph sur un lit de paille près du feu, lui donna une potion de sa composition, du jaune d'œuf mélangé avec de la gniole et quelques herbes ramassées et séchées par ses soins. Joseph toussait toujours, sa température semblait moins forte mais par contre il divaguait et ses propos presque incompréhensibles semblaient s'adresser à sa mère. Les Méchineau étaient consternés et ne parlaient que pour demander s'ils pouvaient se rendre utiles à quelque chose. Le soir, Joseph toussait de plus en plus et cela semblait l'épuiser totalement, il tendait les mains comme pour demander du secours mais personne ne pouvait l'aider, Adèle lui mit des ventouses dans le dos pour soulager ses poumons en feu et cela lui fit du bien mais bientôt la toux reprit de plus belle.

Cela faisait environ une semaine que le groupe s'était arrêté chez Adèle. Joseph crachait du sang depuis plusieurs jours et chacun savait qu'il était impossible d'aller chercher un médecin en ces temps perturbés. C'était courir le risque de se faire démasquer et de mettre en danger la vie de plusieurs personnes. Adèle faisait tous ses efforts pour apaiser les quintes de toux de Joseph, mais à part quelques moments de répit, ce dernier s'épuisait petit à petit et chacun s'en rendait compte.

Jean était revenu chez lui de façon à ne pas attirer l'attention de son voisinage sur ses absences répétées. L'ensemble de la population vivait une étrange époque. D'aucuns étaient de farouches défenseurs de la République à tout prix, allant même jusqu'à participer aux pires horreurs s'il le fallait. D'autres, tout autant fanatiques d'un conservatisme absolu, refusaient totalement d'envisager des idées nouvelles permettant aux hommes et aux femmes d'un même pays de parler, d'agir, de vivre en toute égalité pour le bien de la communauté en vue de son épanouissement. Chacun se méfiait de son voisin et il valait mieux tenir sa langue car une parole mal interprétée pouvait vous attirer de gros ennuis sans que vous n'y puissiez rien faire. Le pire était la rumeur qui pouvait accabler quiconque, la jalousie d'un proche qui convoitait votre bien même modeste, l'ambition d'un notable pour éliminer un adversaire gênant, la cupidité d'un avare schizophrène voulant toujours plus quel qu'en soit le moyen. En cette époque difficile même la conscience des justes était mise à rude épreuve.

Lorsque Jean revint, Joseph avait rendu l'âme depuis la veille au soir. Ses deux congénères l'avaient veillé jusqu'à son trépas, Adèle avait chanté en breton des chants funèbres et cela donnait à l'événement une certaine religiosité bien que n'étant béni d'aucun des sacrements de l'Église. Se posait maintenant la question de savoir quoi faire du corps de Joseph. Devait-il reposer en Vendée près des siens ou là où il était mort afin que l'on puisse revenir le chercher plus tard lorsque les choses iraient mieux ? La solution était d'enterrer le défunt dès que possible pour ne pas retarder trop le périple des deux survivants. À la nuit tombée, les trois hommes prirent le cadavre de Joseph et le déposèrent dans une fosse creusée dans la tourbe du marais. La tourbe recouvrant totalement le corps du défunt comme un linceul hermétique, on pouvait espérer le retrouver intact lors de son exhumation car en absence d'oxygène, il n'y aurait pas de putréfaction des chairs et le corps serait conservé comme embaumé et parcheminé.

Toujours de nuit, Jean embarqua ses passagers et suivit le cours du Brivet qui cette fois contournait le bourg de Saint-Malo de Guersac. Il connaissait une grande partie du réseau aquatique de la Brière, tous ses cours, tous ses recoins, tous ses détours, là où le niveau des étiages influe sur la hauteur d'eau permettant la navigation en fonction des marées car il faut s'en souvenir, la Brière communique avec l'embouchure de la Loire et est donc sensible au marnage. C'est sur ce phénomène que comptait Jean pour échapper à la surveillance des patrouilleurs chargés du marais. Il fit descendre plusieurs fois ses passagers en leur indiquant le chemin à prendre au travers des roselières afin de les rejoindre en un point précis de façon à alléger la charge pour qu'il puisse continuer de naviguer en toute sécurité, l'autre avantage de cette stratégie est que les deux frères se retrouvant seuls en dehors du microcosme de la barque pouvaient lâcher la soupape de sécurité si nécessaire en toute intimité pour évacuer les différents nés de la promiscuité.

La nuit était bien avancée lorsqu'ils arrivèrent en vue du bourg de Penhoët. Le froid était mordant et l'humidité ambiante due à la proximité de la mer accentuait le ressenti. La berge boueuse et glissante ne leur facilita pas l'accès à la route qui menait vers les premières habitations. À leur approche des chiens aboyèrent mais aucune présence humaine ne se manifesta à leur grande satisfaction, ils avancèrent vers l'église dont le petit clocher se détachait dans la nuit, en fait il ne restait plus qu'un semblant de clocher à ce qui avait dû être la fierté de la petite bourgade avant que la Révolution Française ne passe par là.

Jean frappa à la porte d'une maison avec un code convenu entre lui et l'occupant de la masure, ils attendirent un certain temps avant que ne se manifeste un être étrange au coin de la maison. Il les fit entrer par une porte à l'arrière de son logement afin de rester le plus discret possible. À la lueur d'une chandelle, les frères Méchineau comprirent pourquoi la silhouette entrevue quelques instants avant leur entrée dans la maison leur paraissait familière, leur hôte n'était autre que le frère jumeau de Jean.

Mathurin, le jumeau, expliqua aux frères Méchineau qu'il pouvait les aider dans leur volonté de traverser la Loire qui était très surveillée depuis que la Vendée était l'objet d'une attention particulière de la part du gouvernement. Mathurin était lamaneur et travaillait en binôme avec un pilote du port qui allait chercher les bateaux à l'entrée de l'estuaire afin de les guider jusqu'à Paimbœuf, l'avant-port de Nantes depuis que le tonnage des navires avait augmenté et que la Loire s'était ensablée.

Jean laissa donc ses protégés aux bons soins de son frère qui, il en était sûr, ferait tout son possible pour aider des gens à retourner chez eux afin de témoigner des souffrances endurées et des espoirs inassouvis.

Chapitre 3
Comment traverser la Loire ?

Le jour du départ était convenu avec Mathurin et son collègue le pilote de Saint-Nazaire. Ils avaient choisi un jour de forte marée de façon à avoir le moins de chemin à faire sur l'estran de l'autre côté de l'eau et ainsi pouvoir rester en mer en toute circonstance pour faciliter leur retour à domicile. En 1794, l'année fut très froide et de mémoire d'homme, jamais on n'avait vu le bord de mer geler. Ils partirent donc d'une petite anse envasée près de Penhoët dont le sol craquait sous les pas des hommes. Le gel facilitait le glissement de l'embarcation vers l'océan qui depuis une heure s'était formé et dont la crête des vagues blanchissait sous la lune argentée. Quelques navires étaient attendus dans l'estuaire ce qui donnait un bon prétexte au pilote et au lamaneur pour effectuer une sortie d'assistance aux navires en approche en cas de contrôle de la part des autorités qui, en la circonstance, étaient très pointilleuses sur la traversée de la Loire.

Le canot était solide et son équipage aguerri, les deux jeunes Vendéens n'étaient pas amarinés au même degré d'expérience que les deux autres marins et dès les premiers coups de rames en direction de l'estuaire leur cœur commença à se soulever et leur estomac à donner des signes de malaise et de nausées.

L’embarcation roulait d’un bord sur l’autre et le clapot de la mer qui au début du voyage était haché et désordonné devenait régulier et lancinant ne laissant aux passagers non avertis aucune possibilité de répit en raison du balancement alternatif de gauche à droite sans espoir d’accalmie.

Nos deux Vendéens découvraient le mal de mer avec une totale incapacité à réagir complètement dépendants de leur désarroi et du sentiment d’inutilité à bord.

Le mal de mer a la faculté de vous rendre malade mais de vous laisser conscient et d’analyser ce que vous devriez faire et ce que vous ne pouvez pas faire en raison des haut-le-cœur qui vous envahissent. Votre amour propre vous culpabilise vis-à-vis des autres personnes qui vivent le même événement que vous et qui le vivent mieux que vous. Plus vous vous révoltez contre cette situation, plus vous êtes malade, le salut ne vient généralement que lorsque vous vous acceptez tel que vous êtes et non en super héros comme vous vous l’imaginez trop souvent.

L’une des causes du mal de mer vécu par nos deux voyageurs, en plus de l’instabilité du navire, était probablement le gel qui ici prend des proportions plus aiguës que sur la terre ferme. L’humidité accentue la sensation de froid qui est un facteur de crispation supplémentaire et ainsi déséquilibre le système de régulation du contrôle de soi. Totalement occupés à donner à manger aux poissons, nos deux jeunes gens ne virent pas le ciel se charger de nuages menaçants, ni le vent fraîchir, ni les crêtes des vagues blanchir en gerbes écumeuses, ni le bruit du clapot devenir plus sourd et plus profond, bref, la tempête était au large et le canot allait devoir bientôt choisir entre le retour à terre ou l’épreuve de l’affrontement. Une bourrasque plus violente que les autres fit prendre conscience aux occupants de l’embarcation, que désormais, il ne fallait compter que sur leurs propres forces et leur détermination. Le courant entraînait le canot vers le nord de l'estuaire et tous les efforts des rameurs se polarisèrent sur la route à suivre et comment la suivre.

Le canot était ballotté de tous sens et aucune route véritable ne semblait le diriger vers quelque endroit que ce soit. Les vagues enflaient et le bruit du vent hurlait telle une sirène qui ne s'arrêtait que pour recommencer de plus belle. Le vacarme emplissait tout l'espace de l'estuaire et résonnait dans la tête des marins. Le choc des flots semblait venir du dessous de la barque et les mouvements chaotiques et désordonnés de l'embarcation augmentaient les doutes de réussite de l'aventure. Les vagues successives avaient submergé les occupants du canot, ils étaient totalement trempés d'eau de mer et le sel commençait à faire des auréoles blanches sur leurs vêtements et à meurtrir leurs mains blessées par le maniement des avirons. Les embruns donnaient un goût salé à leur salive lorsqu'ils déglutissaient pour reprendre haleine après un effort intense sur les rames. De leurs cheveux dégoulinaient des centaines de gouttes d'eau qui ruisselaient dans leur cou et leur dos.

Tous les quatre unissaient leurs efforts contre ce monstre capricieux qui rugissait et les secouait comme un chien qui vient d'attraper sa proie. Leur estomac leur faisait mal car le manque de nourriture leur créait des crampes intercostales. Leur tête bouillonnait de mille idées noires, le manque d'énergie se faisait ressentir et le résultat de leurs efforts n'était pas à la hauteur de leurs espérances. Soudain, la tempête s'apaisa et le silence que l'on n'avait pas perçu depuis longtemps apparut. Ils étaient dans l'œil de la tempête, un espace-temps assez bref où le vent s'arrête de souffler pour reprendre jusqu'à la fin de la perturbation climatique. Le pilote du port profita de cet instant de répit pour faire un point rapide de la situation. Le canot n'avait pas subi de dommage majeur, une côte semblait se dessiner à bâbord à moins d'un demi mille nautique, il fallait absolument se diriger vers ce point car la tempête allait redoubler ses assauts jusqu'à l'aube et qui sait ce qu'il adviendrait de ces téméraires marins s'ils ne se rendaient pas à la raison. Changeant de cap, le pilote fit souquer ferme ses rameurs afin qu'ils puissent atteindre un échouage dans les meilleurs délais. La houle prenait le canot par le travers et les efforts nécessaires pour faire avancer l'embarcation étaient beaucoup plus difficiles et le résultat navrant.

Le découragement commençait à atteindre les rameurs car souvent les avirons brassaient de l'air plutôt que l'eau salée. La volonté de s'en tirer faisait place petit à petit au découragement et l'environnement marin était propice au laisser-aller en s'en remettant à la grâce de Dieu. Le pilote sentant mollir les rameurs les invectiva sévèrement en les traitant de tous les noms possibles et en les atteignant dans leur amour propre et davantage encore. Le canot reprit son chemin chaotique faisant plus de zigzags que de ligne droite. Soudain, il y eut un choc qui fit rouler les passagers du bateau les uns contre les autres, puis aussitôt l'embarcation reprit son assiette et dériva le long du rivage, puis s'immobilisa en raclant la grève. L'eau envahissait tout à l'intérieur du canot, les marins à quatre pattes au fond de l'embarcation se gênaient les uns les autres en essayant de se remettre debout. Leurs gestes hésitants dans un équilibre précaire faisaient penser à des funambules en recherche de stabilité.

Les naufragés avancèrent sur l'estran puis à bout de force se laissèrent envahir par une torpeur accablante, leur corps ne réagissait plus aux commandes du cerveau, ils étaient allongés sur le sable humide parmi les éperons rocheux faits de quartz et de schiste de la plage entre « La Govogne » et « Le Cormier » à La Plaine.

Le vacarme du vent mêlé au fracas de la mer, l'eau salée brûlant les blessures des naufragés fit que le répit fut de courte durée. Ils s'aidèrent mutuellement pour faire l'état des lieux qui n'était guère brillant. L'épave du canot gisait au bord d'une mer déchaînée, poussée par la montée de la marée. Les avirons avaient disparu, les différents cordages, accessoires de navigation, équipements de bord, tout ce qui faisait le nécessaire pour pratiquer l'activité de pilote de port était absent ou dans un état lamentable, méconnaissable ou hors d'usage. L'aspect physique des naufragés n'était guère plus brillant. Certains avaient leurs vêtements en lambeau et des meurtrissures partout, essentiellement des coupures dues au contact avec les rochers affûtés comme des lames de rasoir.

Afin de résister au froid qui les envahissait, ils retournèrent l'embarcation de façon à s'en faire un abri de fortune. Sous la coque du bateau, ils se frottèrent énergiquement les uns et les autres pour se réchauffer. Le jour se levait et le pilote du port reconnut l'endroit où il s'était échoué. De cette plage, on pouvait voir la source de Tharon, un point d'eau potable qui jaillit au bas d'un rocher au bord de la plage. Ils se servirent de cette eau pour se défaire du sel accumulé lors de leur épopée, pour nettoyer leurs plaies et soulager leur soif. En revenant sur ses pas, le pilote se dirigea vers un plan incliné qui servait de mise à l'eau près du lieu-dit « Le Cormier ». Arrivé sur la dune il alla en direction d'une maison bourgeoise qui possédait un local en maçonnerie avec des ouvertures en œil de bœuf à sa partie supérieure. Ce bâtiment était le témoignage d'une certaine aisance du propriétaire.

Arrivant devant le portail qui fermait l'accès de la cour intérieure il vit un homme âgé qui sortait de chez lui. Le vieil homme se retourna et s'adressa en « paydret ». Albert Morand, le pilote du port lui répondit en « gallo » de façon à bien se faire identifier et à signifier à son interlocuteur qu'il ne parlait pas le « paydret » couramment, il le comprenait aisément étant donné que les accompagnements de bateaux se terminaient régulièrement à Paimbœuf où de nombreux travailleurs du port parlaient « paydret » d'où son accoutumance à ce patois.

Rogatien Leray, le vieux pécheur du « Cormier », proposa à Albert Morand de rentrer dans sa cour pour continuer leur discussion à l'abri des regards indiscrets.

— *Y avait d'la mer c'tte nuit,* dit Rogatien pour entamer la conversation.

— Pour sûr, mais j'ai déjà connu pire, répondit Albert.

— *T'as des dégâts à ton canote* ? interrogea Rogatien.

— Pas mal, mais je dois retourner chez moi, glissa Albert pour susciter une réaction de son interlocuteur.

— *Qui qu'il faut pour le r'taper ?*

— C'est encore trop tôt pour le dire, faut que je fasse le tour complet, et faut aussi que ça se calme.

— *Ça ira vantié bin mieux c'souère, et tes gars et toué vous d'vez êt acravanés et assouéfés après une nuit d'même* ? (D'ici ce soir, y aura du mieux, au fait, tes copains et toi vous devez avoir faim et soif après une nuit pareille ?)

Rogatien avait dit cela en « paydret » d'un air détaché qui cachait en réalité un pressant besoin de savoir pourquoi un marin averti avait pris la mer avec trois autres compagnons sur un océan déchaîné.

Albert devinait le piège tendu par son interlocuteur mais savait combien il pourrait tirer parti de sa rencontre inopinée avec le vieux marin.

— Vous avez une belle maison et une superbe propriété.

— *Je l'tiens d'mon père qui fésait la pêche y a pu de trent'ans !*

Ils entrèrent dans une remise où se trouvaient des tonneaux. Rogatien invita Albert à s'asseoir et lui proposa un verre de vin, c'était un Groleau très pâle qui venait des vignes du vieil homme. Le vin même froid revigora Albert.

— C'est votre vin, demanda Albert d'un air ravi.

— J'ai quelques vignes par ci jusqu'à « Blanche Couronne » à La Plaine, autrefois c'étaient des vignes aux moines de l'autre côté de l'eau (La Loire), répondit Rogatien en français d'un air qui se voulait modeste mais dont l'évocation le remplissait de satisfaction.

Albert s'en était rendu compte et voulait profiter de son avantage.

— Comme ça, vous faites du vin et il est bon en plus, poursuivit le pilote du canot.

— T'en veux une deuxième lampée ? demanda le vieil homme tout en scrutant l'attitude de son vis-à-vis.

— C'est pas de refus mais il faut que je pense à mon canot et à mes compagnons.

— J'vais t'envoyer de l'aide avec deux ou trois gars, tu pourras monter ton embarcation sur la dune et on verra ici ce qu'on peut faire pour réparer.

Sur ce fait, Rogatien appela du personnel de sa maisonnée afin qu'ils descendent sur la plage aider les naufragés à amener leur canot dans la cour du vieux marin.

Cela faisait deux jours que les réparations allaient bon train avec l'aide discrète de Rogatien, qui sans jamais se mêler directement des événements, les surveillait du coin de l'œil. Chacun savait désormais que la nuit où les naufragés s'étaient échoués, Noirmoutier avait été repris par les armées républicaines et un affreux massacre s'en était suivi. Le général royaliste d'Elbée blessé, assis dans son fauteuil, avait été fusillé avec les autres officiers ainsi que l'ancien responsable républicain de l'île, jugé incompétent. Rogatien voulait savoir si les hommes accueillis chez lui étaient des Bleus ou des Blancs ?

Henry Méchineau avait travaillé comme charpentier chez un patron près de Machecoul et le travail du bois lui plaisait beaucoup et de plus il n'était pas maladroit. Ce qui lui plaisait encore plus c'était la nièce de Rogatien, une adolescente dont le joli minois ne laissait pas les hommes insensibles. Dans la fraîcheur de ses dix-huit ans, Marie respirait la santé et le bonheur de vivre même dans les circonstances difficiles en ce début d'année 1794. Rogatien, à qui Marie ne savait rien refuser, puisque recueillie par son oncle il y un an environ à la mort de ses parents lors d'une émeute dans les Mauges, comptait sur la séduction de sa protégée pour connaître l'histoire de cet échouage suspect en plein déchaînement des colonnes infernales.

Marie fut donc chargée par son mentor de séduire l'aîné des Méchineau et de rapporter à son oncle tout ce qui serait utile à celui-ci pour mener à bien ses affaires de vieux grigou. Marie était ravie de tenir un rôle de femme fatale qui lui donnait l'occasion de s'amuser un peu dans ce coin perdu du Pays de Retz. Pour la première fois de sa jeune vie, on lui confiait une responsabilité et elle était libre de mener son enquête comme elle l'entendait pourvu qu'elle informe son oncle des événements censés aider la famille.

Elle commença par tourner autour d'Henry qui fut flatté des bonnes grâces de son hôtesse et lui rendit service en bavardant avec elle de plus en plus souvent en aparté, ce qui faisait bien rire ses autres compagnons. La conversation, qui commença sur les banalités habituelles du temps qu'il fait, passa subtilement sur les difficultés de la vie actuelle en pays de Retz, des atrocités de la guerre qui couvaient aux portes des villages et de la façon dont lui, Henry, voyait la fin des événements.

Henry s'était habitué aux causeries avec Marie, il se sentait flatté d'avoir été choisi parmi les quatre naufragés, et en cela il remerciait le ciel en secret de la bonne fortune qu'il vivait actuellement. De son côté, elle n'avait jusqu'alors recueilli que des éléments sans importance mais elle avait établi un climat de dépendance d'Henry envers elle. Elle le sentait prêt à n'importe quoi pour continuer sa relation platonique avec l'espoir qu'un jour il irait plus loin vers le désir de la possession de l'autre. Le sentiment de pouvoir qu'elle exerçait sur une autre personne la grisait, elle jouait avec lui comme elle le voulait, elle le manipulait, le faisait souffrir en lui promettant toujours quelque chose pour demain, toujours demain, il était devenu son jouet, sa marionnette, sa chose.

Rogatien s'impatientait et la tournure que prenaient les affaires ne lui plaisait pas, il le fit savoir à sa nièce et celle-ci le prit mal. Il voulait savoir qui étaient les quatre hommes, ce qu'ils faisaient sur une mer déchaînée, et s'il pouvait compter sur ces gens-là pour entamer avec eux une expérience d'envergure. Marie fut priée de changer de tactique pour soutirer les informations d'Henry, quitte à sacrifier son honneur pour la cause familiale.

C'est d'un air chafouin qu'elle reprit, en aparté, sa nouvelle causerie avec Henry, il se rendit compte tout de suite du changement d'atmosphère, elle qui d'habitude était si gaie, si primesautière, si agréable, semblait, sans ressort, accablée par des pensées sombres et profondes. Pour la stimuler Henry, d'un geste réflexe lui prit la main et la secoua. Le contact de la main éveilla en elle un mouvement de recul, il avança doucement vers le bras de Marie qui cette fois frissonna au contact des doigts agiles et gourmands qui déjà abordaient l'épaule. Être un objet de désir est une chose, devenir la proie de ses propres pulsions en est une autre. Elle ne savait pas pourquoi mais elle le laissait faire pour voir où cela la mènerait tout en sachant à l'avance qu'elle risquait de se brûler les ailes. Elle était séduite, comblée, par tant de prévenance à son égard, elle la subordonnée de son oncle, la pauvrette que l'on rabaissait dès qu'il fallait parler de son avenir. Bientôt, les mains d'Henry effleurèrent son corsage, étrangement elle acceptait ce défi comme si son histoire devait en passer par là.

Henry s'enhardit et osa un baiser dans le cou, il s'attendait à une rebuffade mais Marie se laissa faire et il sentait son corps qui tout à l'heure était tendu devenir souple et consentant. Henry se sentait victorieux, il allait posséder la plus belle fille du voisinage et cela le rendait puissant, il triomphait de plusieurs années difficiles où les défaites, les vexations, les replis sur soi avaient prévalu au bonheur d'être un homme.

Il posa sa main sur le genou de Marie et quelle ne fut pas sa surprise de la voir repousser son geste violemment comme si le fait d'approcher sa main de l'objet de son désir réveillait en elle un sentiment de préservation du moi féminin. Elle s'adressa à lui avec fermeté mais aussi avec diplomatie.

— Avant d'aller plus loin, Henry, il faudrait que j'en sache un peu plus sur toi, qui tu es ? Comment t'es arrivé ici ? Quelles sont tes intentions ? Tu comprendras que je ne me donne point comme ça à n'importe qui.

Elle avait dit cela d'un air détaché qui la surprenait elle-même.

Henry quelque peu désarçonné par l'attitude de Marie voulut reprendre son contact amoureux, mais elle l'en dissuada en se levant et rajustant sa tenue.

— Si tu veux continuer à m' voir, tu connais la condition.

Henry se sentait déçu encore une fois, si près du but, il lui suffisait de dire qui il était et tout rentrerait dans l'ordre, il deviendrait l'homme le plus heureux du monde et Marie serait sienne.

Il hésita quelques secondes jusqu'au moment où elle tourna les talons en faisant mine de le quitter.

— Reste ! je vais te dire qui je suis et on pourra continuer à se voir. Je suis comme toi Vendéen et je n'ai plus de nouvelles de ma famille depuis plus d'un an maintenant, tu vois que nous avons quelques points communs.

Henry attendait une réaction amicale de la part de Marie, qu'elle se rapprocha de lui, qu'elle le prit dans ses bras en signe de fraternité en attendant plus, il n'en fut rien, elle lui sourit et se retourna pour quitter leur lieu de rendez-vous qui désormais semblait si vide.

Chapitre 4
Tel est pris qui croyait prendre

Rogatien demanda à Marie où en étaient ses investigations sur les naufragés qui logeaient chez lui depuis déjà plus d'une semaine et dont les réparations du canot semblaient presque finies.

— Pour l'instant tout ce que j'sais, c'est que le grand est Vendéen comme nous et qu'il n'a pas vu sa famille depuis un an.

Marie dit ceci d'une voix qui se voulait neutre, mais en elle-même, elle s'en voulait de trahir un congénère pour le profit de son oncle.

— Tu devrais essayer autre chose que tes minauderies de jeune donzelle effarouchée qui te mènent à rien de bien concret, j'ai besoin d'en savoir plus ! insista Rogatien d'un ton ferme et volontaire.

— Mais qu'est-ce que j' peux faire de plus, y a peut-être rien de plus à savoir ! répondit Marie en s'éloignant de son oncle dont les traits du visage se durcissaient. Elle connaissait bien cette attitude qui se manifestait généralement avant une grande colère.

— *Ya qu'su l'orailler qu'les langues se deillient, c'est la dernière foué que j'te l'dis, après tu m'fais zir.* (Y a que sur l'oreiller que les langues se délient, c'est la dernière fois que je te le dis, après gare à toi !)

Rogatien avait dit cela en « paydret », comme à chaque fois qu'il se mettait en colère, à quelques centimètres du visage de Marie qui par la même occasion avait récupéré des postillons du verbiage de son oncle. Les choses étaient on ne peut plus claires, il fallait employer les grands moyens.

Marie descendit dans la cour où les hommes s'affairaient aux derniers préparatifs du canot avant la fin des travaux programmés. Elle s'approcha d'Henry qui lui sourit, elle lui caressa la main en lui montrant du menton le grenier situé au-dessus du pressoir à vin, Henry lui fit un clin d'œil complice lui confirmant qu'il avait compris. Elle traîna un peu dans la cour avant de disparaître dans le pressoir. Henry prétexta un besoin urgent et disparut derrière le bâtiment qu'il contourna aussitôt pour la rejoindre par un escalier extérieur.

Dès qu'il fut arrivé dans le grenier, il vit que Marie avait une attitude peu commune, elle s'approcha de lui et l'embrassa avec fougue, cela le surprit et ne lui plut pas, il ne retrouvait pas celle dont il avait rêvé. Il lui trouvait je ne sais quoi de vulgaire, elle si réservée et prude se transformait en courtisane avide et sensuelle, en nymphomane recherchant une aventure sexuelle supplémentaire à accrocher à son tableau de chasse. Il y avait quelque chose qui clochait chez Marie. Elle lui prit la main qu'elle posa sur sa poitrine, une sensation de plaisir envahit Henry.

Les seins de Marie étaient ronds, fermes et leurs tétons étaient parfaitement centrés au sommet de l'attribut mammaire, c'était la première fois qu'Henry en voyait de si jolis, aussi attirants, aussi tentants. Il les caressa, les palpa, les embrassa, et voyant qu'elle y prenait plaisir, les suça jusqu'à ce que Marie lui demande d'arrêter.

Henry sous le charme se sentait béni des dieux, cette fois il allait réussir à devenir un homme accompli et comblé. Connaître les délices de l'amour physique est un parcours difficile mais la plénitude qu'il procure est sans égal pour un jeune homme inexpérimenté mais avide de vivre le nirvana et de procurer de la jouissance à sa partenaire. Perdu dans son plaisir et son extase il répondit aux questions que lui posait Marie, peu à peu il prit conscience que son questionnement n'avait rien à voir avec leur idylle. Il se ressaisit en questionnant à son tour Marie qui en fut stupéfaite.

— Mais à quoi qu'tu joues, c'est quoi toutes ces questions sur qui on est, c'qu'on fait, où on va, c'est quoi ce charabia, tu serais pas en train de m'espionner des fois ?

Marie cessa aussitôt ses jeux amoureux et rajusta sa tenue, ce qui signifiait que l'aventure était terminée. Henry la prit par les épaules et la secoua tendrement.

— Dis-moi que tu m'aimes, dis-le-moi, je t'en prie, dis-moi que tu m'aimes !

Marie ne répondit rien et des larmes commencèrent à apparaître dans ses yeux, un sanglot éclata sur son visage ravagé par la honte et le mépris de soi que lui provoquait la situation dans laquelle elle s'était mise en acceptant le plan de son oncle. Elle avait aimé les caresses d'Henry parce qu'elles étaient sincères et agréables. L'attitude d'Henry ne comportait que de l'affection et beaucoup d'amour et elle, pendant ce temps-là, bernait un être qui se donnait à elle sans détour, sans retenue, sans contrainte, un homme libre, un être comme elle aimerait être elle aussi. Libre de toutes contingences familiales, historiques, sexuelles, conventionnelles, choisir d'aimer qui elle veut quand elle veut où elle veut au grand dam des « qu'en dira-t-on ».

Henry prit Marie dans ses bras afin qu'elle cessât ses spasmes, et que son verbiage redevint intelligible, car elle marmonnait des phrases inaudibles dans l'étreinte d'Henry qui, peu à peu, la dégagea et lui permit de reprendre son souffle ainsi que sa lucidité.

— C'est quoi c't'histoire ? demanda-t-il en ayant peur de la réponse. J'préfère savoir la vérité même si elle est pas belle, mais au moins j'saurais c'qu'il en est.

Marie se détacha des bras qui l'avaient soutenue avec tendresse, se passa la main sur ses yeux encore humides et prit sa respiration

— C'est mon oncle, lâcha-t-elle dans un soupir de soulagement. C'est mon oncle qui veut savoir plein de choses sur vous parce qu'il a besoin de vous, mais il ne veut pas le demander lui-même.

— Mais qu'est-ce qu'il veut savoir au juste ton oncle ? demanda Henry surpris de cet aveu.

— Il veut savoir si vous pouviez trafiquer avec lui, avoua Marie soulagée de ne plus avoir à jouer la comédie et de pouvoir dire à Henry qu'en réalité elle l'aimait mais pas sur commande comme l'aurait voulu son oncle.

— Le fourbe, il va voir ce qu'il va voir celui-là ! s'écria Henry en se remettant debout et en quittant Marie qui restait seule dans le grenier où elle n'avait pas pu avouer son amour à l'homme qu'elle devait duper. Elle se sentait inutile, là, au milieu de la poussière accumulée par des années de délaissement du bâtiment.

Henry retourna au chantier et parla à Albert Morand, le pilote du port, qui les avait, son frère et lui, si gentiment acheminés de l'autre côté de la Loire. Albert ne parut pas surpris des révélations d'Henry et lui demanda de voir avec Marie si elle pouvait donner plus d'informations sur les trafics que son oncle souhaitait faire avec eux. Était-ce des armes qu'il voulait faire passer, était-ce du sel, était-ce des indiennes, était-ce du vin, était-ce des hommes et des femmes indésirables pour les nouveaux politiques ? Les risques étaient différents et les condamnations également en cas de capture par les autorités. Henry promit de revoir Marie pour tirer cette affaire au clair.

Albert Morand avait remarqué que Rogatien Leray utilisait parfois un petit couteau très particulier pour son usage personnel. Ce couteau avait un manche en bambou et la lame avait une forme peu commune dans nos régions, de plus un sigle, une marque étrange, était gravé sur le manche. Albert détenait un couteau identique et de ce fait avait une longueur d'avance sur Rogatien en cas de négociation car lui savait exactement à quoi correspondait ce couteau et quel message il transmettait. Albert se sentit plus sûr de lui vis-à-vis de Rogatien car à un moment ou à un autre il faudrait négocier avec le propriétaire des lieux.

Albert prit Henry en aparté et lui demanda de faire passer le message suivant à Marie comme réponse à son oncle.

— On est des contrebandiers qui avons fait naufrage en rentrant vers Penhoët. Comme elle sait que ton frère et toi vous êtes Vendéens et que Mathurin et moi on parle gallo, donc on fait la navette entre sud Loire et nord Loire, ça devrait passer comme possible aux yeux de son oncle.

Albert, avec cette réponse, obligeait Rogatien à se découvrir en venant le voir pour proposer une affaire. De ce fait, il savait exactement ce que voulait ce dernier et lui, gardait la main sur les événements avec la connaissance du petit couteau de Rogatien et du message qu'il portait.

En rentrant dans le local que le vieux marin laissait à la disposition des naufragés, Albert fouilla au fond de la poche de son pantalon et en sortit un petit couteau avec un manche de bambou et une lame bizarre, sur le manche était gravé une marque identique à celle du couteau de Rogatien, voilà l'argument qui allait changer la donne, avec cet objet insignifiant, Albert avait un atout considérable à l'égard de Rogatien. Albert sourit en remettant le couteau dans sa poche, en pensant au moment où il abattrait son atout majeur et à la tête que ferait son adversaire à la vue de cet objet.

Les travaux de réparation étaient terminés et on se préparait à une petite fête à l'occasion du retour des naufragés chez eux. L'ambiance était joyeuse mais il planait autour de ce départ une étrange sensation de catastrophe à venir. Était-ce l'annonce des tueries des colonnes infernales dans des communes aux alentours ? Était-ce l'attitude renfrognée du maître des lieux qui depuis quelques jours était d'une humeur massacrante, envoyant promener tout le monde, se mettant en colère pour un oui, pour un non ?

Le repas était prêt, Rogatien, en maître de cérémonie, offrit à ses hôtes et aux membres de sa maison réunis pour l'occasion, un verre de son meilleur vin qu'il avait conservé pour un grand événement. Chacun but avec plaisir et remercia le propriétaire pour son hospitalité et la mise à disposition des locaux, des moyens humains, des matériaux ainsi que la nourriture.

À la fin du repas, Albert prit la parole et demanda à Rogatien ce que lui et ses compagnons pouvaient faire pour le dédommager. Ce dernier s'attendait à cette question et répondit :

— C'est pour moi un devoir que d'sauver des naufragés, surtout lorsqu'ils ont le bon goût de s'échouer devant chez moi.

Tout le monde se mit à rire et on rebut une rasade du vin de Rogatien pour saluer ce bon mot.

— C'qui m'importe, c'est que vous rentriez tous chez vous en bonne santé et si un jour vous pensez à moi, venez me le dire, ça m'fra plaisir, compléta-t-il avant de se rasseoir et de boire un autre verre de vin.

En s'assaillant, il fit tomber ses couverts. Coincé entre la table et le mur, il avait du mal à se pencher pour les rattraper, il décida donc pour finir le repas de se servir de son petit couteau qu'il prit machinalement dans sa poche. On était à la fin du repas et la lucidité de Rogatien était amoindrie par la consommation quelque peu excessive de vin. Il ne prit donc pas la mesure de son geste qui mettait à la vue de tout le monde un objet qui pour un initié était un message et une profession de foi.

— C'est la mer et « Notre Dame de Bon Secours » qui ont choisi de nous réunir et je n'aurai pas choisi meilleur endroit pour nous échouer, lança Albert qui s'avançait vers Rogatien avec dans les mains, une statue de la vierge qu'il avait taillée puis sculptée dans un morceau de son canot.

À l'évocation de « Notre Dame de Bon Secours » le vieux marin se leva brusquement et ramassa son petit couteau qu'il enfouit au fond de la poche de son pantalon. Il était visiblement ennuyé d'avoir mis en évidence un objet aussi personnel.

Albert dit à Rogatien.

— J' pense qu'il est temps qu'on parle tous les deux, qu'on parle du passé, du présent et de l'avenir.

Rogatien prit le chemin de son bureau en invitant son hôte à le suivre. Arrivé dans le bureau, il ferma la porte soigneusement en s'assurant que personne ne les avait suivis. Ils s'installèrent dans de profonds fauteuils de Madras aux dossiers ouvragés, Rogatien offrit un cigare à Albert qui le refusa, c'est donc dans une ambiance enfumée que commença l'entrevue.

— Qu'est-ce que tu connais de « Notre Dame de Bon Secours » ? demanda Rogatien qui visiblement essayait de garder la maîtrise de lui-même.

Albert, sans mot dire, mit la main dans sa poche et en sortit un petit couteau. Le fumeur de cigare, en geste réflexe, mit la sienne dans sa poche pour vérifier que son couteau y était toujours. Rogatien connaissait la règle, le porteur du symbole de la confrérie de « Notre Dame de Bon Secours » était un frère à qui l'on pouvait faire une confiance absolue sans lui poser la moindre question personnelle. Rogatien était bouleversé car il n'avait pas la maîtrise de la négociation qui allait s'engager entre les deux protagonistes, il allait devoir abattre ses cartes en premier et donc être en réaction vis-à-vis des réponses d'Albert et cela n'était pas dans ses habitudes.

— T'à l'heure vous m'avez d'mandé qu'est-ce que vous pouvez faire pour m' dédommager ! J'aurais ben quelque chose mais c'est pas facile à dire, dit le vieux marin dans une volute de fumée sortie de son gros cigare de cuba arrivé sans doute en contrebande.

Albert se taisait et attendait la suite. Rogatien aurait aimé une réponse, n'importe quoi, quelque chose sur lequel il pouvait rebondir, mais là, non, son comparse le laissait sans ressource, il continua donc son monologue entrecoupé d'arabesques de fumée bleutée qui ponctuait la respiration du narrateur.

— On fait partie d' la même confrérie et on s'doit respect et entraide, j'suppose que t'as navigué pour la Compagnie des Indes et que c'est comme ça que t'es devenu frère, ça montre ta valeur et ton mérite ».

Albert ne répondit pas et hocha la tête pour attendre la suite.

— Ben, voilà, y a quelques s'maines, j'ai reçu la visite d'un frère qui m'a confié une mission très spéciale que j'suis pu capable de faire, j'suis trop vieux maintenant.

Toujours pas de réponse de la part d'Albert.

— T'es pas sans savoir que la compagnie a été dissoute par la Convention et que les parts ont été distribuées entre les administrateurs. Un des administrateurs a dérobé les parts de plusieurs autres et ces parts c'est moi qui les ai. Ce que j'te d'mande c'est les remettre à un autre frère dont j'te dirai le nom si t'acceptes.

Rogatien tira sur son cigare qui était près de la fin et en expulsa une profonde bouffée de fumée bleutée très odorante, mais pas forcément agréable.

— Faut voir, dit Albert d'un air détaché, il jubilait dans son for intérieur, sans avoir à dire quoi que ce soit, il savait tout ou presque.

Ça représente quoi comme charge, comme volume, et quand est-ce que ça doit être fait, et qu'est-ce que j'ai à y gagner ?

Rogatien écrasa les restes de son cigare dans une coupelle qui était là sur la table à cet effet.

— C'est oui ou c'est non ? demanda-t-il. Il y a cinq cents livres pour toi si tu acceptes, compléta le maître des lieux d'un air détaché comme si l'argent était accessoire dans le cadre de la mission.

— Ah quand même ! ne put s'empêcher de lâcher Albert d'un ton admiratif, laisse-moi jusqu'à demain et je te donnerai ma réponse, foi de frère de « Notre Dame de Bon Secours ».

Les deux hommes se saluèrent et prirent congé l'un de l'autre avant de rejoindre les autres convives qui ne se doutaient pas de ce qui s'était tramé là, à quelques mètres d'eux.

Le soir était tombé sur la petite fête organisée en vue du départ des naufragés. Les groupes de convives s'étaient organisés en fonction de leurs affinités ou de leur libation commune. Marie et Henry s'étaient retrouvé côte à côte sans vraiment le vouloir mais en ne faisant rien pour éviter cette proximité qui au fond d'eux même les réjouissait. À la faveur de la nuit et avec un peu d'alcool, Henry osa prendre la main de Marie sous la table et celle-ci ne la retira que très doucement pour faire bonne mesure mais en réalité elle était heureuse de ce mouvement d'affection que lui témoignait son compagnon. Leurs regards se croisèrent et leurs yeux parlaient pour eux, ils brûlaient d'envie de s'avouer leur amour et de ne pas rater cette fois l'épisode navrant qu'ils avaient vécu la veille. De nouveau, Henry se saisit de la main de Marie et la serra de façon à ce qu'elle ne puisse la retirer, elle se laissa faire et fit ainsi comprendre à Henry qu'elle était toute à lui. Les deux amants n'avaient plus qu'à choisir l'endroit de leur union, ce fut le grenier au-dessus du pressoir à vin.

Ils étaient là face à face, immobiles, conscients du moment important de leur vie, où pour la première fois ils allaient se donner l'un à l'autre. Henry s'approcha de Marie, lui prit les mains qu'il baisa longuement comme pour s'imprégner de l'âme, de l'esprit de son aimée, puis il s'approcha et l'embrassa sur les lèvres en attendant sa réaction.

Elle mit ses mains dans le dos d'Henry et le serra du plus fort qu'elle put, ce témoignage naïf mais sincère encouragea Henry dans sa conquête. Leurs baisers enflammés durèrent longtemps et petit à petit les mains d'Henry approchèrent le corps de Marie et en firent la découverte.

Sa poitrine était toujours aussi ferme que la veille, le grain de sa peau se modifiait en fonction des sensations qu'elle ressentait et cela surprit agréablement Henry. Bientôt, ce fut le ventre et les hanches qu'il caressa, il ne se lassait pas de passer sa main sur les rondeurs de Marie, ces parties charnues qui font la raison de la féminité.

De son côté, Marie n'était pas en reste. Après avoir longuement exploré la puissance du torse d'Henry, avoir passé et repassé sa main sur les muscles saillants recouverts d'une légère toison où ses doigts aimaient à se perdre, elle abordait la partie abdominale, puis la découverte du membre d'Henry, elle ne savait pas comment appréhender cette partie intime de son partenaire, elle était confrontée à sa curiosité et à sa méconnaissance du plaisir masculin.

Voyant les hésitations de Marie, Henry lui guida la main et lui montra les caresses incitatives et les gestes avenants provoquant le désir. Encouragée dans sa démarche amoureuse, Marie se montra imaginative et convaincante et sa soif d'extase se réalisa lors de leur accouplement qui se fit sans violence ni contrainte, un acte librement consenti pleinement assumé, complètement désiré, totalement assouvi.

La nuit était bien avancée lorsque les deux amants se séparèrent à regret, pleins de leur nouvelle expérience et des lendemains qu'elle suscitait.

Chapitre 5
La séparation

La nuit fut courte pour l'ensemble des habitants de la maison de Rogatien, chacun pour des raisons différentes. Certains avaient trop abusé du vin de la veille lors de la fête donnée en l'honneur du départ des naufragés, d'autres en fonction du choix fait pour la suite des événements et d'autres encore en relation avec leur liaison amoureuse naissante. C'est donc par une fraîche matinée d'hiver que tout le monde se retrouva dans la cour de la maison.

Albert se dirigea vers Rogatien et lui serra les mains en le remerciant encore pour ce qu'il avait fait pour la reconstruction de son embarcation et la mise à disposition des moyens, tant humains que matériels comprenant la logistique, le gîte et le couvert. Il dit à ce dernier :

— Grâce à « Notre Dame de Bon Secours » qui a protégé les naufragés, je vous serai toujours reconnaissant de votre aide et en retour je ferai tout ce qui sera en mon pouvoir pour vous rendre service.

Le vieux marin reçut le message avec satisfaction et fit un signe lui indiquant qu'il avait compris et qu'ils se verraient avant le départ pour lui remettre l'objet de sa mission. Bien que les nouvelles ne soient pas très favorables à une quelconque expédition en ces temps troublés, où, les colonnes infernales ravageaient tout le pays vendéen, les deux frères Méchineau voulaient rejoindre la région de Machecoul dont ils étaient originaires et qui ne se trouvait pas si loin de là.

Henry souhaitait faire une reconnaissance afin de voir où en était sa famille, puis de revenir avec Marie pour la suite à donner à leur idylle. Charles, le plus jeune, envisageait de rentrer au pays et de reprendre le combat s'il le fallait. Il était traumatisé par toutes les atrocités dont il entendait parler, que les « Bleus » découpaient les femmes et les enfants vivants, qu'ils les mettaient dans les fours des boulangers, et bien d'autres horreurs qui lui faisaient monter le sang à la tête même si certaines informations étaient probablement exagérées à des fins de propagande contre-révolutionnaire.

Mathurin Crusson avait hâte de retrouver son petit chez soi qu'il avait quitté un soir de décembre 1793 sans prévenir qui que ce soit et dans son voisinage on devait sûrement se poser des questions sur sa survie après une tempête comme celle survenue la nuit de son départ.

Marie vivait une aventure merveilleuse et terrifiante à la fois. L'homme qu'elle aimait et qui l'aimait voulait la quitter momentanément pour partir dans un endroit dangereux et pour une durée indéterminée afin de retrouver les siens. Si elle comprenait tout à fait la légitimité de cet acte, elle n'approuvait pas la soudaineté de ce départ. Pour elle qui venait de découvrir les joies de l'amour, elle le voulait à elle, tout à elle, rien qu'à elle. Sentir ses mains sur son corps, la chaleur de ses baisers, la robustesse de ses muscles, l'harmonie de leurs émois. Elle se sentait devenue femme si forte et si fragile à la fois. Elle était la désirée et la soumise, la dominante et la dominée, elle était dépendante de la volonté d'Henry.

Rogatien voyait en ce départ une excellente affaire, il se déchargeait d'une mission délicate dont il n'approuvait pas le bien-fondé, il mettait fin à la présence de ces étrangers dont on devait commencer à parler dans le voisinage, il s'assurait de la docilité de Marie qui restait seule après l'escapade d'Henry et qui devait attendre un hypothétique retour de celui-ci après sa visite à Machecoul. Désormais, il restait seul maître de son destin et c'est comme ça qu'il se sentait le mieux.

Les jours sont courts en hiver et cela permettait aux deux marins d'attendre la marée de l'après-midi pour regagner la rive nord de la Loire sans trop éveiller la curiosité des éventuels guetteurs de la côte. Peu avant le coucher du soleil, Rogatien rendit visite à Albert et lui remit discrètement une pochette de taille moyenne en tissu enduit pouvant résister à l'eau en cas de naufrage. Cette pochette était accompagnée d'une enveloppe à n'ouvrir qu'une fois en mer. Albert jura à son confrère de respecter ses engagements ainsi que les consignes contenues dans l'enveloppe en accord avec son serment des frères de « Notre Dame de Bon Secours ».

En fin d'après-midi, le canot fut mis à l'eau, les quatre ex-naufragés se mirent à ramer. Marie suivit les manœuvres depuis le grenier au-dessus du pressoir non sans retenir ses larmes qu'elle seule pouvait justifier. Son oncle ne connaissait rien des réels sentiments des deux amants, personne dans la maisonnée n'était au courant des deux dernières soirées passées dans ce grenier et des ébats charnels dont seules les poutres noircies de la charpente avaient été les témoins. Les meilleurs moments de sa jeune vie s'étaient déroulés dans cet espace intime, un peu vieillot et poussiéreux, à l'image de la maison de Rogatien, sans relief ni fioriture, un endroit où a priori il n'y avait pas de souvenirs joyeux et pourtant c'est là qu'elle était devenue femme, c'est là qu'elle avait revu l'espoir de devenir autre chose que la nièce de « Monsieur Leray », c'est là qu'elle avait connu les frissons de l'extase chaude et sensuelle du corps d'un homme. Elle sécha ses pleurs et regarda l'embarcation s'enfoncer peu à peu dans la brume hivernale.

Afin de déjouer les éventuelles poursuites des garde-côtes, le canot mit le cap sur Saint-Michel, là, à l'abri d'une petite crique, les deux frères Méchineau laissèrent leurs passeurs de Loire et descendirent sur la plage afin de continuer vers leur terre natale rejoindre les leurs. La séparation fut brève, les hommes connaissant tous leur devoir, ils ne tergiversèrent pas en attendrissements intempestifs, un simple salut de la main et la barque reprit sa marche vers l'estuaire laissant les deux Vendéens devant leur destin.

Le soir était déjà là, le froid cette année était mordant dans l'humidité du bord de mer. Les vêtements des deux frères bien que de saison, n'offraient pas un confort suffisant et le vent d'est pénétrait sous les chemises par le moindre interstice laissé ouvert par un boutonnage trop lâche des vestes.

Henry voulait rejoindre le quartier de Ste Croix en Machecoul, dont il était originaire. Il était inquiet pour sa famille avec cette guerre civile. Machecoul payait un lourd tribut sanglant sans commune mesure tant en cruauté qu'en sauvagerie, quelle que soit la couleur des assaillants avec les prises et reprises de la ville par les différents belligérants. Pour ce faire, il devait mettre cap au sud, en évitant les villages et bourgs, où la rencontre des habitants pouvait présenter un danger. Ne connaissant pas les convictions des personnes rencontrées, celles-ci pouvant être des amies ou des ennemies. En outre, la contrée étant très durement touchée par le manque de ressources de première nécessité, blé, viande, légumes, vin, bois de chauffage, fourrage pour les animaux, etc., l'insécurité était générale sur les routes qui se transformaient parfois en coupe-gorge.

Les deux frères Méchineau se dirigeaient donc vers l'intérieur des terres en passant à travers champs pour échapper aux rencontres indésirables. La première nuit se passa dans ce qui restait d'une étable. Le toit n'était plus étanche, la porte ne fermait pas, par contre, les quatre murs les mettaient à l'abri du vent mais pas du froid. Ils prirent dans les provisions que leur avait préparées Marie de quoi se restaurer chichement pour qu'il en reste pour les jours à venir. Ils fixèrent un tour de garde pour éviter d'être surpris dans leur sommeil. Le premier fut assuré par Henry, les deux frères étaient blottis l'un contre l'autre de façon à se communiquer leur chaleur respective.

En début de soirée les bruits de la campagne sont nombreux et divers, puis avec l'avancée de la nuit, ils s'espacent, deviennent plus distincts car plus rares et il est facile d'identifier chaque écho, chaque rumeur, chaque souffle jusqu'à éprouver de la peur de sa propre respiration. Charles prit le second quart de veille afin que son frère puisse se reposer un peu, il n'y avait plus le son des cloches pour vous donner l'heure comme autrefois, seules certaines villes avaient encore un crieur de nuit pour rassurer les citoyens dans leurs logis.

L'aube allait poindre et les deux frères Méchineau dormaient à poings fermés serrés l'un contre l'autre pour garder un peu de chaleur. Tout à coup, quelque chose gratta à la porte, aucun des deux n'avait entendu quoi que ce soit avant ce timide essai d'intrusion dans l'étable. Les deux frères sursautèrent et se mirent sur le qui-vive. Ils n'avaient pas d'arme, mais ils étaient déterminés à se défendre coûte que coûte. Le bruit continuait de l'autre côté de la porte, les Méchineau attendaient tous muscles tendus prêts à bondir sur l'intrus s'il se présentait, ils ne faisaient aucun geste qui puisse trahir leur présence. La porte bougea plusieurs fois, puis pivota lentement sur elle-même et, au ras du sol, apparut la gueule d'un loup.

Les deux frères sursautèrent, ce qui eut pour effet de transformer la curiosité du loup en agressivité. Désormais, c'est en grognant et les babines retroussées sur d'imposantes canines que le loup les regardait de ses yeux jaunes. Lui aussi avait ses muscles saillants et on pouvait distinguer ses griffes solidement plantées dans le sol, il était prêt à bondir sur les occupants de la masure. Sa tête était ramassée entre ses deux pattes, légèrement penchée vers le sol, son regard perçant scrutait chaque mouvement et le balancement de sa tête s'accompagnait de grognements profonds et dominateurs.

Afin de déjouer l'attention du loup, les deux frères se séparèrent de quelques mètres en se positionnant de chaque côté de l'animal qui se sentait cerné. La bête qui balançait d'un côté puis de l'autre recula imperceptiblement, ses grognements devenaient plus puissants et rapprochés, on sentait que l'animal échafaudait différentes stratégies pour savoir laquelle était la plus appropriée pour la circonstance. La gueule bien en avant, les dents très apparentes, le loup se faisait de plus en plus menaçant. Henry tapa du pied sur le sol afin de faire du bruit mais surtout pour que le loup ressente les ondes de choc dans ses pattes. Charles en fit autant et le loup désorienté par ces ondes convergentes venant de deux sources différentes se retourna subitement et disparut dans le petit matin. Remis de leur réveil mouvementé les deux frères se mirent à rire de l'issue heureuse de leur mésaventure.

Charles avoua à son frère qu'il avait eu très peur et si celui-ci n'avait pas pris l'initiative de taper du pied par terre, il ne savait pas si cette épopée se serait passée aussi bien. Henry lui aussi avait tremblé mais pas pour les mêmes raisons, son angoisse était de ne pas retrouver Marie, ce loup, il l'avait vu comme Rogatien ne voulant pas laisser partir Marie. Son amour lui avait donné l'idée de faire fuir la bête comme il ferait fuir l'oncle s'il le fallait.

En sortant de la ruine où ils avaient passé la nuit, les frères Méchineau virent de la fumée à l'horizon dans la direction qu'ils devaient prendre, cela ne leur disait rien de bon. Ils se dirigèrent quand même vers le feu en prenant mille précautions. Bien avant d'arriver près de l'incendie, ils entendirent un grand vacarme. Des hommes se battaient, on entendait des détonations, des femmes criaient, des enfants hurlaient, des lamentations étaient perceptibles émanant de personnes blessées ou agonisantes. En s'approchant, cachés derrière un bosquet de chênes verts, les deux frères redécouvrirent les horreurs de la guerre : la violence gratuite, la perversité des vainqueurs, la béatitude des criminels, l'impunité des crimes. Ils étaient là impuissants devant le massacre des occupants d'une métairie dont le seul grief était de se trouver sur le chemin d'une des colonnes du général Haxo.

Après cette épreuve, les frères Méchineau attendirent une heure environ avant d'aller voir de plus près les dégâts réels de la mini bataille. Il ne restait que des murs écroulés, des poutres calcinées et des cadavres en tous sens, horriblement mutilés, aucun survivant. Ils ramassèrent les morts, firent une grande fosse et les y enterrèrent en prenant soin de planter autant de croix qu'il y avait de personnes ensevelies.

Cette épreuve convainquit Charles de la nécessité de reprendre le combat contre des gens qui ne respectent pas le choix fait par d'autres de vivre différemment. Que des citoyens préfèrent vivre selon les préceptes de la Révolution Française, pourquoi pas, mais qu'ils tuent leurs voisins au nom de ces principes, non, pas de ça ! Ces meurtres gratuits contre des personnes sans défense avaient le don de le mettre hors de lui. Charles avait ramassé une lame de faux et en l'emmanchant sur un bout de bois en avait fait une arme redoutable. Henry lui fit remarquer que s'il se faisait prendre avec une telle arme il serait fusillé sans autre forme de procès suivant les directives de la « Convention ». Charles lui rétorqua que les gens de la métairie n'avaient pas d'arme du tout et étaient tous morts quand même.

Les deux frères ne visaient visiblement pas le même but, ils en discutèrent librement chacun exposant ses arguments en essayant de persuader l'autre du bien-fondé de sa démarche. À la fin de l'échange, ils convinrent de continuer leur aventure chacun de son côté.

Henry comprenait le ressenti de son frère mais lui, sa quête était tout autre. Revoir ses parents, puis retourner auprès de Marie étaient ses priorités. Ils prirent congé l'un de l'autre en se promettant de se revoir prochainement en pleine santé.

Charles continua vers l'est, vers la forêt de Princé où il savait que la résistance s'organisait auprès de La Cathelinière et de Guérin. En quelques jours il fut en vue de la forêt de Princé, il y arriva le 12 février 1794, jour où le général Haxo en donna l'assaut, assisté de deux colonnes infernales venues de Vue et de Bourgneuf en Retz afin de prendre les rebelles en tenaille. Après trois jours de lutte il y avait autant de Bleus que de Blancs hors de combat mais près de cinq cents villageois des hameaux voisins qui s'étaient réfugiés sur une île afin d'échapper à l'affrontement, furent tués par les armées républicaines qui les avaient débusqués. Les événements ne faisaient que confirmer les convictions de Charles, et petit à petit, il se fanatisa pour la défense de ses croyances et de sa façon de penser.

Durant la « Virée de Galerne » à laquelle il avait participé, il avait rencontré des gars des environs de la forêt de Princé, particulièrement de Chauvet avec qui il avait fraternisé. C'est donc vers les alentours de cette bourgade que Charles se dirigeait. Les colonnes infernales venant de Paimbœuf, de Vue, de Bourgneuf ratissaient régulièrement la région en faisant de très nombreuses victimes particulièrement parmi les civils, ce qui les rendait fortement impopulaires. Les ordres étaient de ne laisser que de la cendre après leur passage. Le mot génocide n'existait pas à cette époque, mais c'est exactement ce que la « Convention » demandait à ses généraux envers les Vendéens. Bien que souvent attaqué, le bastion continuait d'attirer des résistants venus de toutes parts prêter main-forte aux assiégés. Charles rencontra un ancien de la bataille de Savenay qui avait pu fuir par Nantes avant de se réfugier dans son village natal. Celui-ci lui fit connaître Guérin et il fut aussitôt enrôlé parmi l'armée catholique. Les actions menées par les Vendéens ressemblaient plus à des coups de main d'une guérilla qu'à un plan d'attaque coordonné avec une stratégie établie. Les soldats étaient vaillants, courageux, féroces, intrépides, mais peu disciplinés et de ce fait prompts au renoncement. Leur nombre se réduisant régulièrement, leur armement étant vétuste, leur encadrement insuffisant et parfois incompétent les menaient vers des défaites prévisibles. Peu à peu, le découragement gagna les rangs des royalistes qui se virent trahis par les Anglais dont ils attendaient en baie de Bourgneuf un débarquement qui n'eut jamais lieu. La mort sur l'échafaud de Robespierre fut le début d'un changement de politique de la part des révolutionnaires qui commencèrent à entamer des négociations en vue de la fin des hostilités. Il faudra encore attendre plusieurs années avant que les rancœurs entre Bleus et Blancs ne s'estompent.

Henry de son côté avait pris la direction du sud en prenant soin d'éviter les agglomérations pour les raisons que nous avons abordées précédemment. Charrette, le chef des insurgés du sud Loire, harcelait les troupes républicaines avec une armée mieux structurée que celle de ses confrères du reste de la Vendée militaire et avec une aura bien supérieure aux autres. Les choix stratégiques de ses coups de main, de ses attaques ciblées, même s'ils n'étaient pas tous gagnants, faisaient de lui l'homme le plus redouté des républicains. Il était partout, insaisissable, toujours à la limite de la rupture, jamais là où on l'attendait. Ses hommes avaient confiance en sa bonne étoile et pensaient qu'elle les protégerait aussi.

Henry n'avait plus de quoi manger depuis deux jours mais il n'était toujours pas arrivé dans le faubourg de Ste Croix à Machecoul. La ville, ou ce qu'il en restait, n'était plus très loin mais il fallait bien connaître les nouvelles habitudes des autorités pour savoir comment entrer dans ce qui était autrefois son « chez soi ». De loin, il aperçut ce qu'il restait de son ancienne maison, il manquait la moitié du logement et la partie restante était en mauvais état. Un morceau de la toiture était tombé sur le petit jardin dont sa mère était si fière autrefois. Il ne semblait pas y avoir âme qui vive dans les restes de l'habitation.

Henry resta longtemps à regarder le va-et-vient des habitants du faubourg, soudain il constata que quelqu'un sortait de chez lui, il lui sembla reconnaître sa sœur. Avait-elle survécu aux différentes attaques de Machecoul ? Pour en avoir le cœur net, il se décida à entrer dans la ville. Il connaissait tous les recoins de cet endroit, il n'eut aucune difficulté à se faufiler entre les ruelles et les cours des maisons afin de se retrouver près de chez lui. La personne qui habitait dans sa maison était bien sa sœur, il l'avait revue sortant à nouveau pour jeter de l'eau en dehors de chez elle. Elle ne semblait plus aussi jeune ni aussi gracieuse que lorsqu'il l'avait quittée voilà à peine un an. Il attendit quelques instants afin de voir qui se trouvait dans le logement, plusieurs personnes semblaient y avoir trouvé refuge. Sa sœur Marguerite en était la maîtresse de maison et les autres lui obéissaient sans contestation. Henry se cacha dans un appentis resté debout, encombré des restes de la toiture manquante du bâtiment principal. Le soir venu, il profita d'une sortie de sa sœur pour la rejoindre et se montrer.

Elle ne le reconnut pas immédiatement, il avait mûri pendant son absence et les événements lui avaient durci les traits, sa jeunesse était partie avec la Virée de Galerne. Elle lui prit les mains, les porta à ses lèvres et les embrassa longuement. Il se sentait intimidé et ne savait quelle attitude prendre. Retrouver sa sœur après tant d'épreuves lui semblait un bonheur immense. Il lui demanda doucement ce qu'était devenu le reste de la famille. Elle le regarda et partit en sanglots.

— Père a été arrêté par les Bleus lors de la première prise de Machecoul et on ne l'a jamais revu, on pense qu'il a été fusillé, tout en disant cela de grosses larmes coulaient sur les joues de Marguerite.

— Et mère que lui est-il arrivé ? demanda Henry.

— Mère est partie à la recherche de père et elle non plus on ne l'a jamais revue, sanglota Marguerite.

— As-tu des nouvelles de Charles ? demanda-t-elle en se ressaisissant un peu.

— Il y a trois jours, nous nous sommes séparés, il voulait continuer le combat avec les gars de la forêt de « Princé », répondit-il d'une voix émue.

— Et toi comment vas-tu ? Qui sont les personnes qui vivent avec toi ? demanda Henry sur un ton fraternel.

— C’est une longue histoire et je crois que cela ne va pas te plaire, lui répondit-elle en baissant la tête.

— Quelle que soit l’histoire, tu restes ma sœur et personne ne pourra rien y faire, dit-il en prenant le menton de Marguerite dans la pomme de sa main et en lui relevant le visage pour qu’elle le regarde dans les yeux.

— Je ne suis pas sûre que les événements que j’ai eu à subir ne te fassent plaisir, ici les différentes occupations ont mis les habitants à rude épreuve, soupira-t-elle.

— Quant aux personnes qui vivent avec moi, il y a mon mari avec ses parents.

— Ton mari ! tu es mariée ? s’étonna Henry.

— Il y a beaucoup de choses qui ont changé ici depuis votre départ, vous êtes tous partis sans vous occuper de ce que nous allions devenir, pour vous tout allait bien, nous ici il fallait se débrouiller tout seul, ce n’était pas drôle.

Elle avait dit cela en lui serrant les mains et en les secouant en signe de prière.

— Je suis heureuse que vous soyez en vie Charles et toi, j’ai prié tous les jours pour que le Seigneur vous protège et aussi la vierge Marie, je vois que j’ai été exaucée et je les en remercie. Tu n’es pas blessé au moins ?

Elle l’examinait de la tête aux pieds, en lui levant les bras, scrutant son visage, ouvrant sa veste pour voir si tout était intact. Puis rassurée, elle l’embrassa sur les deux joues en y déposant quelques larmes.

Henry ne savait quelle attitude prendre, il était ravi d’être revenu chez lui, même si la maison avait souffert. Il était contrarié de ce que Marguerite lui avait dit mais surtout de ce qu’elle n’avait pas voulu dire.

Chapitre 6
La mission

Albert attendit d'être en mer pour ouvrir l'enveloppe que lui avait donnée Rogatien, celle-ci contenait un sauf-conduit signé du proconsul du gouvernement basé à Nantes, indiquant que la personne possédant ce document pouvait circuler librement sur tout le territoire de la Loire Inférieure et des départements limitrophes. Un petit billet lui indiquait que la récompense de sa mission lui serait remise par le destinataire de la pochette en tissu enduit. Lorsqu'il lut le nom du destinataire de la pochette, Albert eut un sursaut. Il fallait qu'il aille remettre cette missive à Carrier.

Mathurin observait Albert du coin de l'œil, il se doutait bien que quelque chose de peu ordinaire se tramait dans son dos, mais comme Mathurin était un taiseux, il ne disait rien mais n'en pensait pas moins. Les deux hommes se connaissaient bien et se comprenaient sans se parler. Ils ramaient dans la nuit noire en faisant attention à tout bruit suspect. Le froid de février mordait les doigts sur les avirons et bien que l'effort fût intense il n'arrivait pas à réchauffer les marins.

Soudain, quelque chose heurta l'embarcation, puis glissa le long de la coque et les deux hommes purent voir les corps nus de deux noyés attachés l'un à l'autre qui dérivaient sur la Loire en direction de l'estuaire. Il s'agissait d'un homme et d'une femme dont les corps gonflés par leur immersion prolongée avaient pris une couleur grisâtre. Leur posture grotesque laissait à penser qu'ils avaient été l'objet d'une mise en scène macabre avant leur noyade. Il y avait donc des gens suffisamment cruels pour ajouter à la mise à mort de concitoyens la bassesse d'esprit de l'humiliation. Les deux marins, qui durant leur vie en avaient vu de toutes les couleurs, restèrent sous le choc de cette rencontre abominable.

Albert dit à Mathurin :

— Cap sur Paimbœuf car il faut tirer cette affaire de noyade au clair.

En se rapprochant du port de relâche des bateaux remontant la Loire, ils rencontrèrent d'autres corps hideusement accouplés, flottant entre deux eaux. Il régnait au port de Paimbœuf une activité fébrile malgré l'heure tardive. On ne parlait que des cadavres de noyés descendant la Loire, mais que se passait-il en amont ? Quelle nouvelle folie avait donc germé dans des esprits tordus ? Il est vrai que les temps étaient troublés mais noyer des gens en les attachant les uns aux autres ça ne passait pas dans un monde où la mer, le fleuve, l'eau en général, sont le gagne-pain de certains. On ne laisse pas faire le sale boulot d'exécuteur des hautes œuvres à l'élément qui vous fait vivre, à la nature que l'on craint, que l'on respecte et qui parfois vous comble par sa générosité ou vous accable par son aveugle et implacable rudesse.

La Loire est sacrée pour les Ligériens, elle l'a été de tout temps, déifiée par les anciens, crainte par les riverains, conquise par les audacieux, chantée par les poètes, mais jamais utilisée en tant qu'arme de destruction massive ni supplétive du crime organisé. C'est cette idée qui révoltait les habitants de la région.

Salir leur fleuve était presque plus grave que de noyer des gens en ces temps où la vie humaine n'avait pas beaucoup de prix.

De nombreuses rumeurs circulaient déjà sur les quais et c'est à qui donnerait le plus de détails sur ce qui se passait à Nantes. Les prisons étaient pleines et les maladies liées à la promiscuité et au surpeuplement se développaient d'une manière inquiétante. La santé publique de l'ensemble de la ville était en danger. Le taux d'exécutions sommaires par fusillade ou autre moyen expéditif était tel que les morts pourrissaient sur place faute de bras pour les enterrer. Si on continuait à occire son prochain avec le même rythme, il faudrait trouver des remèdes adaptés ou alors arrêter la Terreur. C'est la première solution qui fut retenue ! On inventa donc les noyades collectives à grande échelle avec des raffinements particuliers dans le sordide selon les exécutants des basses besognes.

Carrier avait été nommé par le gouvernement pour réorganiser la région et mettre en place les bases d'un esprit nouveau en adéquation avec la Révolution dans cette partie de la France ancrée dans les anciennes croyances et réfractaire au changement. La tâche était énorme tant le fonctionnement de l'état était paralysé par des luttes intestines et des rivalités d'ego. Carrier pouvait être considéré comme pur car homme d'une seule idée, même s'il fallait en passer par le pire pour la faire aboutir. On lui avait confié une mission, il la mènerait à son terme quoi qu'il en coûte. Pour ce faire, comme il ne pouvait être partout à la fois, il déléguait les missions hors du commun à des équipes, choisies par lui mais marginales et exerçant leurs actions très souvent en dehors du respect de la loi, enfin du peu qu'il en restait.

Cela faisait à peine deux mois que Carrier était arrivé à Nantes et déjà il se sentait détesté par l'ensemble des institutions de la ville. Le Comité de Salut Public, les différentes tendances révolutionnaires avaient rapporté à Paris que le comportement du commissaire ne leur convenait pas. Carrier pour mettre un peu de distance entre la municipalité de Nantes et sa personne avait changé de résidence pour habiter dans une rue discrète.

C'est là qu'Albert devait se rendre pour remettre la fameuse enveloppe afin de recevoir ses cinq cents livres, montant de la prime annoncée par Rogatien. Mais avant cette entrevue que de vicissitudes ! Sur les quais de Paimbœuf, la rumeur circulait et ne laissait pas le beau rôle à Carrier. Depuis quelques jours, on retrouvait des corps noyés parmi les roselières, il y avait de tout, des hommes, des femmes, des vieux, des jeunes, même des enfants et des bébés. Il y avait aussi les chapelets de corps attachés les uns aux autres qui descendaient la Loire et que de nombreux riverains apercevaient depuis les berges. L'ouest était en guerre, la France vivait la Terreur, mais l'excès de cruauté à un moment se retourne contre ses commanditaires.

Albert quitta Mathurin en lui demandant de veiller sur le canot le temps de son absence qui ne devrait pas excéder une bonne semaine. Il lui donna quelque argent et l'adresse d'une auberge où loger en attendant son retour. Mathurin avait sa petite idée sur les raisons de l'absence d'Albert, il ne dit rien mais dès que son compagnon l'eut quitté, il se mit en route pour le suivre.

Albert chercha un bateau qui remontait sur Nantes afin d'éviter les routes peu sûres et les transports coûteux. Il en trouva un qui voulait bien le prendre en charge à condition qu'il participe à la navigation du navire, il accepta la besogne et il partit dans l'après-midi.

Mathurin trouva une embarcation qui assurait le ravitaillement de Nantes en blé, denrée qui manquait cruellement en raison du blocus exercé par l'Angleterre et les mauvaises récoltes en interne. Quelques convois venus de l'étranger avaient réussi à forcer le passage et venaient de décharger leur cargaison à Paimbœuf. Mathurin avait une bonne journée de retard sur Albert mais il connaissait Nantes comme sa poche et beaucoup de monde sur les embarcadères.

À l'arrivée à Nantes, Albert dut participer au déchargement de l'embarcation, puis avant de mettre pied à terre, justifier de sa descente à quai et enfin montrer patte blanche aux autorités portuaires. Albert passa tous les obstacles sans problème grâce à son laisser-passer. Il se rendit tout d'abord au club des « Montagnards » où il avait ses entrées. Là, il apprit où trouver Carrier. Il sut aussi comment et pourquoi il flottait tant de noyés dans la Loire. Cette dernière nouvelle ne l'enchantait pas du tout, elle le révoltait même. Il se rendit donc à l'adresse donnée par le club. Une escouade d'hommes de main de Carrier était postée devant la porte de l'immeuble. Albert se dirigea vers les gardes et demanda à voir le proconsul. Comme il ne pouvait pas donner la véritable raison de son entrevue, il prétexta un rendez-vous politique, lui qui n'y connaissait rien en la matière. On lui demanda d'attendre et quelque temps après il reçut une réponse comme quoi la rencontre aurait lieu dans deux jours vers dix heures du soir. Il retourna donc près des berges de la Loire où il savait trouver de quoi loger pour pas trop cher.

Il régnait une agitation ordinaire sur les bords de la Loire, une foule de gens besogneux s'activait aux différentes tâches liées au transbordement de marchandises diverses. Quelques désœuvrés erraient entre les groupes d'actifs, les mains dans leurs poches et quelquefois dans les poches des autres. Des filles de joie aux joues écarlates de fard promenaient nonchalamment leur misère en regardant les clients potentiels venant leur demander leurs faveurs.

Albert connaissait bien les abords de l'île de Nantes, il y avait séjourné plusieurs fois en attendant ses embarquements pour la Compagnie des Indes. Nantes avait perdu de sa superbe car il y avait aujourd'hui à peine le quart du trafic d'avant la Révolution.

À ce jour, les militaires, les sans-culottes en armes, les hommes de main des puissants du moment avaient remplacé tout un peuple d'hommes, de femmes et d'enfants s'activant pour l'économie de la ville. Nantes était l'objet de la convoitise des Vendéens et des Chouans mais aussi la hantise du gouvernement central de Paris de peur que la perte de ce joyau ne précipite le pays tout entier dans la contre-révolution.

Nantes l'insondable, l'incomprise toujours rebelle à l'autorité de la France, depuis la duchesse Anne, depuis la révocation de l'édit de Henri IV. Ville libre et progressiste, commerçante et industrieuse, forte de ses constructions navales, de ses avancées en horticulture et en botanique, Nantes faisait peur au pouvoir central de Paris qui ne l'avait pas estimé à sa vraie valeur, privilégiant Rennes comme centre névralgique de l'ouest. Les politiques parisiens ont négligé l'importance primordiale des ports dans le ravitaillement et l'approvisionnement du pays. Les relations maritimes sont un des axes privilégiés du commerce international d'où l'une des sources d'alimentation de la nation. L'oublier ou l'ignorer est une faute que les dirigeants du tout nouveau gouvernement de néophytes du pouvoir ont failli payer de leur vie. Eux qui par leur manque de vue élargie de la politique, favorisaient l'idéologie à la vie du concitoyen, privilégiaient les idées nouvelles à l'existence de la nation, oubliaient le quotidien au détriment de l'être suprême. Eux qui par leur étroitesse d'esprit ont créé le premier génocide français, et ont sur les mains le sang d'innombrables innocents, de femmes, de vieillards et d'enfants dont le seul crime était d'être nés aux alentours de Nantes. Que vous soyez de Cholet, de Savenay ou de Machecoul, peu importe, vous êtes à abattre, de ceux dont la Révolution ne veut pas, sans jugement, uniquement sur décision d'un arbitraire aveugle et sectaire.

La France allait mal et tout dans la vie du quotidien trahissait cette ambiance de pénurie, de misère, de conspiration. Chacun se méfiait de son entourage et on ne comptait pas de famille où des heurts, où des brouilles, qui mirent plusieurs générations à se dissiper, étaient apparues à la suite des prises de position controversées.

Albert rentra dans la chambre de l'auberge où il avait ses habitudes et regarda la Loire courir le long de ses berges fangeuses encombrées d'immondices en décomposition, attendant la prochaine crue pour nettoyer les abords et par la même en apporter d'autres. Ainsi allait la vie en ce mois de février 1794.

Mathurin, ayant retrouvé Albert grâce aux indications d'une prostituée de sa connaissance, l'avait suivi jusqu'à son nouveau logement. Il surveillait toutes ses allées et venues depuis l'auberge située en face du point de chute d'Albert. Son intention était de découvrir ce que contenait la fameuse sacoche en toile enduite qu'avait ouverte Albert en plein estuaire loin de toute terre, donc de toute surveillance. De plus, les chemins suivis par Albert depuis son arrivée à Nantes étaient plus que suspects. Pourquoi un homme aussi droit et juste avait-il subitement le besoin d'aller vers l'être le plus détesté de la région ? La sacoche était-elle si sulfureuse qu'elle entraînait les âmes honnêtes vers les abîmes de l'enfer dont Carrier devait en être un des gardiens ? Voilà les pensées qui animaient Mathurin en cette fin de soirée.

Deux jours s'étaient passés depuis l'entrevue d'Albert avec les cerbères de Carrier. Notre pilote de Loire se rendit donc à son rendez-vous à l'heure indiquée. Chemin faisant il fût témoin d'une certaine agitation, on disait partout que Carrier avait quitté Nantes et s'était rendu à Paris sur les injonctions de la Convention qui le réclamait pour éclaircir ses implications dans les noyades et autres crimes commis en Loire Inférieure au nom de la Révolution.

Albert rebroussa chemin sentant que se réclamer de Carrier en ce moment n'était sûrement pas la meilleure chose à faire et rejoignit son logement. Quelle ne fut pas sa surprise de constater à son arrivée que la porte de sa chambre était entrouverte et que la sacoche de toile enduite avait disparu. Il était désemparé, il retourna toute la pièce à la recherche de la sacoche, mais rien n'y fit, il fallait se rendre à l'évidence, elle n'était plus en sa possession. Allait-il faillir à son devoir de frère de « Notre Dame de Bon Secours » en ne réalisant pas un engagement pris sous serment auprès d'un autre frère ? Albert était d'une trempe d'homme capable de renverser les montagnes lorsqu'il le fallait, et dans ce cas, son honneur était en jeu. On lui avait confié une mission, elle devait être accomplie.

Albert interrogea le personnel de l'auberge afin de connaître les visites depuis son départ le matin même. Il n'eut que peu de réponses lui permettant de reconstituer un quelconque scénario. Puisque l'auberge restait muette, la rue serait peut-être plus diserte. Après quelques tentatives infructueuses, un indice, délivré par un désœuvré, lui permit d'identifier la personne qui, à l'heure présumée du vol, se serait introduite chez lui. L'homme décrit par le badaud correspondait à la description de Mathurin car deux détails étaient cruciaux, l'homme, vu entrant dans l'auberge, boitait et il marchait penché vers l'avant. Mathurin, dans sa jeunesse, était tombé d'un mât de bateau et depuis cette époque avait gardé des séquelles qui l'âge aidant, s'étaient aggravées.

Plus de doute, Mathurin était à Nantes sur les traces d'Albert alors que celui-ci le croyait à Paimbœuf à surveiller le canot. Albert retourna voir son indic pour lui demander de le prévenir s'il revoyait le boiteux, une récompense accompagnerait un nouveau signalement. Albert rentra dans sa chambre et attendit. Une heure s'était écoulée et aucune nouvelle n'était venue de la rue. Le soir commençait à s'installer lorsque le petit désœuvré se manifesta.

— Monsieur ! Monsieur ! y a le boiteux qui vient d' rentrer dans l' gargote d'en face. N'oubliez point mon écot pour l'information, s'empressa-t-il d'ajouter de peur qu'Albert ne tienne pas parole.

Il mit sur la table quelques pièces et partit rapidement non sans oublier le « laisser passer » qui lui était si précieux. Albert entra dans l'estaminet et scruta la pénombre pour y découvrir Mathurin. Il le vit attablé avec d'autres hommes, la pochette de toile enduite posée à côté de lui. Mathurin présentait les documents contenus dans la pochette dans le but de les vendre. Les hommes assis autour de lui regardaient les feuillets, examinaient les signatures apposées au bas des documents, discutaient entre eux de l'opportunité de devenir propriétaire de tels titres et surtout quel prix en voulait Mathurin ?

Albert se fit servir un pichet de vin et s'installa à une table près de celle où se trouvait Mathurin, mais il prit le soin de se mettre dans le dos de son lamaneur de façon à ce que celui-ci ne le vît pas. Mathurin plaçait la barre très haute pour le prix de sa rapine et les acheteurs potentiels n'avaient pas de quoi satisfaire ses exigences. L'un des hommes se leva et dit qu'il allait en parler à une de ses connaissances que cela pourrait bien intéresser. Il donna rendez-vous à Mathurin dans ce même endroit dans une heure. Les autres hommes se levèrent et saluèrent Mathurin en prenant congé de lui. Albert quitta sa place en même temps que les comparses de Mathurin afin de laisser celui-ci seul à sa table, tout occupé à ranger soigneusement ses documents.

Mathurin commanda un pichet de vin et discuta avec la serveuse pour passer le temps en bonne compagnie, il en commanda un deuxième, puis un troisième. À un moment, il se leva et quitta la table pour aller satisfaire un besoin naturel. Les consommateurs se soulageaient habituellement dans la rue. Albert suivit Mathurin sans qu'il s'en aperçoive. Il avait glissé la pochette sous son bras et au moment où il s'apprêtait à déboutonner le pont de son pantalon pour uriner, Albert le poussa violemment contre le mur et dans l'effet de surprise lui prit la pochette et partit en courant à toute allure. Mathurin ne comprit pas immédiatement la raison de la bousculade car son visage avait violemment heurté le mur et son nez et ses pommettes étaient fortement contusionnées, de plus dans la bousculade il s'était pissé dessus et son pantalon portait les traces humides et malodorantes de sa mésaventure.

Albert retourna vers sa chambre, recontacta son indic pour lui demander s'il connaissait un navire descendant la Loire jusqu'à Paimbœuf. Après une courte période, le jeune désœuvré lui signala une gabare se rendant à son point d'attache. Il prit congé de son logement et se dirigea vers les quais où l'attendait son embarquement. La Loire emporta l'embarcation en souplesse et rapidement car c'était à marée descendante. Albert se rendit auprès du canot où il trouva Mathurin contusionné avec un fort mal de tête car après sa déconvenue avec le voleur de sacoche, il avait dû affronter les hommes de main de l'acquéreur présumé des documents qu'il souhaitait mettre en vente. Le commanditaire déçu de s'être déplacé pour rien lui fit payer par force coups de poings et de pieds pour tout dédommagement.

Nos deux marins s'en retournèrent sur la rive nord de la Loire et chacun reprit le chemin de son domicile. Mathurin se calfeutra dans son petit logement où il pansa ses plaies et ses bleus à l'âme. Albert, déçu par la tournure qu'avaient prise les événements, la promesse non tenue en tant que frère de « Notre Dame de Bon Secours », la trahison de Mathurin, sa propre violence pour récupérer les documents, l'avait bouleversé et il ne savait comment agir pour calmer son amertume. Il décida donc de se rendre sur le bord de mer, d'y faire un feu où il précipita tous les documents, la sacoche de toile enduite et le laisser-passer afin de mettre un terme à cet épisode malsain de sa vie.

Chapitre 7
De la forêt de Princé à la pacification

Depuis son arrivée dans la forêt de Princé, Charles était de tous les combats. Il s'était montré vaillant, intrépide, perspicace et chanceux, une qualité très appréciée de ses partenaires, car elle vous permet de vous distinguer des autres. Vous avez une aura qui fait de vous un être choisi par la « Bonne Étoile ». Il n'était pas rare d'entendre que la main de Dieu le guidait et le protégeait. Nombreux étaient les camarades qui préféraient combattre à ses côtés, ils espéraient bénéficier de sa chance. En ces temps troublés, les légendes se créent rapidement et pour peu que le destin s'en mêle, vous devenez une idole pour le petit monde qui vous côtoie.

Rapidement, Charles était devenu la coqueluche du camp retranché de la forêt de Princé. Ce n'était pas pour lui déplaire, cependant cette brusque notoriété lui avait aussi attiré l'inimitié de certains combattants plus anciens que lui et moins bien considérés. Il y avait en particulier un soudard inculte, ivrogne et toujours de mauvaise humeur qui lui en voulait particulièrement et chaque jour il attendait le moment propice pour lui nuire.

Ce rustre s'appelait Jean-Baptiste Bécavin, on ne savait pas s'il s'agissait de son véritable patronyme ou d'un sobriquet en relation avec son penchant pour la boisson. La cruauté dont il faisait montre dans les batailles le faisait craindre plus qu'aucun autre car ses actes étaient guidés par une violence gratuite qui ne se justifiait que très rarement. Le comble de l'horreur avait été atteint lorsque Bécavin revint un jour avec le scalp d'une cantinière républicaine, accroché à sa ceinture. Il paradait dans tout le camp avec ce trophée sanguinolent qui, généralement, dégoûtait les personnes à qui il était présenté. Bécavin avait vécu quelque temps dans la « Belle Province » où les mœurs sauvages des « Indiens » avaient dû influencer sa perception du respect d'autrui.

La popularité de Charles s'accrut encore lors d'une attaque du camp retranché des insurgés. Ils étaient une quinzaine encerclés par une escouade issue des colonnes infernales du général Axo. Avaient-ils été dénoncés ? On ne le saura jamais.

Charles et ses compagnons se trouvaient dans un marais séparé de la forêt de Princé par des étiers serpentant dans une campagne désolée où depuis bien longtemps plus personne ne pratiquait ni culture ni élevage. Les herbes étaient hautes, des fourrés de toute nature occupaient l'espace et l'étau mis en place par les « Bleus » se resserrait inexorablement sur la petite troupe des Vendéens. Ils allaient mourir à coup sûr si rien n'était tenté.

Charles demanda à chacun de se trouver un morceau de bois assez long et résistant pour soutenir son propre poids lors du franchissement des étiers. Chacun se procura donc une branche arrachée aux arbres qui étaient là. Personne ne comprit à quoi serviraient ces bâtons car édifier un pont exposait les hommes à découvert, au tir des assaillants.

Charles se souvint de son enfance où avec ses amis de Machecoul il jouait à franchir les étiers et les ruisseaux en sautant par-dessus ces derniers à l'aide de perches. Cette astuce vous permet de passer d'une rive à l'autre sans vous mouiller les pieds et avec une rapidité surprenante. Il expliqua sa stratégie au reste du groupe et pour montrer l'exemple, se saisit de l'une d'elles, prit son élan, puis, arrivé au bord du fossé, planta celle-ci au milieu de l'étier voisin, s'éleva dans les airs et sans un bruit retomba de l'autre côté de la rive sans éveiller l'attention de la troupe adverse. Charles réédita son exploit mais cette fois pour revenir auprès de ses amis afin de les conseiller et les encourager à faire comme lui.

Les premiers sauts se passèrent sans problème et la petite troupe se regroupa de l'autre côté du marais, puis ce fut le tour de Charles qui, ayant fait passer l'ensemble de son groupe, ferma la marche. Tout se passa en silence et personne ne soupçonna l'évasion des insurgés, sauf que, lorsque Charles entama sa course pour sauter, Bécavin cria aussi fort qu'il le put pour alerter l'ennemi.

Charles se retrouva dans les airs entouré d'une nuée de balles qui sifflèrent autour de lui. L'une d'elles vint se fracasser sur sa perche et la cassa nette ce qui provoqua la chute de Charles qui atterrit par miracle sur la terre ferme parmi les siens. L'un des compagnons d'équipée s'empara d'un gourdin et le brisa sur la tête de Bécavin qui se redressa pour occire l'impertinent, au moment où il brandit son couteau au-dessus du malheureux, une salve de plusieurs coups de fusil venant des assaillants fit chanceler Becavin qui s'écroula mort. Sans demander son reste, la troupe des évadés retrouva l'abri des frondaisons toutes proches et disparut au-devant des soldats de la République.

Voilà comment se passait l'ordinaire des insurgés, le temps s'écoulait avec des périodes d'inaction et des moments très intenses où la chance était souvent la seule amie à qui vous pouviez confier votre vie.

Le temps s'écoula et vint le moment où des négociations furent entamées. Robespierre passa chez le « Barbier », la lassitude des combats infructueux des deux camps fit son œuvre, le changement de politique du gouvernement et la nécessité de mettre un terme à cette guerre fratricide germèrent dans l'opinion générale. Une entrevue entre les belligérants fut organisée à Nantes et Charles fit partie de la délégation représentant les Vendéens.

L'accueil des Nantais envers les Vendéens fut mitigé mais on leur permit de se déplacer librement et certains parmi la délégation des insurgés allèrent même au théâtre. Un accord fut trouvé, une trêve fut signée et chacun repartit avec des avancées non négligeables. Les Vendéens n'étaient plus soumis à la conscription, ils pouvaient retrouver la liberté de culte, certains, après de délicates discussions retrouvèrent leurs biens d'émigrés ou parfois reçurent des indemnités compensatrices. Nombreux furent ceux qui gardèrent leurs armes et en échange s'engagèrent à ne plus mener d'actions hostiles contre les armées de la République et à laisser passer les convois de ravitaillement. Mais chacun le sait, les accords d'aujourd'hui sont dénoncés le lendemain et la trêve ne dura que ce que durent les trêves, soit très peu de temps.

La Chouannerie occupait désormais le terrain au nord du département de la Loire Inférieure. Ses méthodes de combat s'apparentaient plus à la guérilla et aux coups de force ponctuels qu'à la bataille rangée avec des troupes structurées et nombreuses. Il s'agissait plus de déstabiliser l'ennemi en le surprenant là où il ne s'y attendait pas avec des attaques de convois de ravitaillement, des assassinats de personnages très en vue comme les maires ou les curés jureurs, de faire naître parmi la population un sentiment d'insécurité permanente afin de faire pression sur les gouvernants pour les amener à des compromis favorables.

Le débarquement raté des Anglais à Quiberon et la débâcle des armées royalistes, qui s'ensuivirent, mirent un terme momentané aux agissements des différents mouvements insurrectionnels. Il fallut attendre la capture et l'exécution des chefs tels Stofflet et Charette pour que s'éteigne la rébellion.

Charles traversa tous ces événements avec sa chance habituelle, cela faisait maintenant trois ans qu'il avait quitté Machecoul et si ses pérégrinations l'avaient parfois amené près de chez lui, jamais il ne s'était retrouvé dans son quartier de Sainte-Croix, jamais il n'avait franchi le Tenu pour retrouver ses racines. Ses occupations journalières faisaient qu'il ne pensait plus à lui mais à la cause qu'il avait embrassée. Les jours passaient les uns après les autres et toujours se présentaient à lui de nouveaux défis. Son sens de l'aide qu'il pouvait apporter aux autres l'emportait sur tout le reste.

Les héros vivent souvent mal le fait de descendre du piédestal sur lequel le hasard les a placés. Après la gloire des combats, les répits dus aux cessez-le-feu et les changements de stratégies des uns et des autres, sa renommée s'était un peu estompée. Les faits d'armes connus de ses seuls compagnons disparaissaient en même temps que les témoins de ces épopées, certains des suites des combats, d'autres de maladies ou rattrapés par l'âge, la fatigue ou les privations. Charles était devenu à vingt-trois ans un ancien combattant avec des sommeils perturbés par des cauchemars horribles, des périodes de mal-être compliquant sa perception des choses et altérant son mental. Cela Charles ne le faisait pas voir mais il en souffrait secrètement au plus profond de lui-même.

Un jour, alors qu'il se rendait sur un lieu de rapine pour alimenter ses congénères, il fut saisi de frissons si violents qu'il ne pouvait plus guider sa monture. Les tremblements de ses mains avaient une telle ampleur que les rênes du cheval lui échappèrent. Essayant de dominer son infortune, il fut incapable de maîtriser ses mouvements et fut contraint de mettre pied à terre pour calmer ses soubresauts intempestifs qui trahissaient son état de fatigue extrême. Pour la première fois de sa vie, Charles ressentait la lassitude des combats sans merci, des causes perdues que l'on s'obstine à vaincre, des trahisons, des déceptions permanentes, il faisait une dépression dont à l'époque on ignorait le nom.

Ne sachant comment pallier cet état physique et psychique Charles se laissait aller de beuveries en désœuvrement, étant quelquefois plusieurs jours alité. Bientôt ses supérieurs s'apercevant de son état, lui retirèrent toute responsabilité dans les groupes d'attaque. Il n'était plus convoqué aux préparatifs des actions à mener. On évitait sa compagnie, on ignorait sa présence, il n'existait que comme un fantôme errant dans le camp et quelquefois, il disparaissait plusieurs jours avant de réapparaître comme par enchantement. Il représentait une menace pour le camp et la question revenait souvent lors du point journalier fait par les responsables « Qu'allons-nous faire de Charles ? »

Il fut décidé à le garder sous surveillance pour s'assurer qu'il n'aille pas à l'ennemi, lui qui ne discernait plus ni le bien ni le mal et à qui tout était égal. Par respect pour les actes de bravoure dont il avait fait preuve par le passé, par reconnaissance pour ses initiatives salutaires pour la communauté, par espoir d'un rétablissement prochain de son état de santé, on lui attribua la compagnie d'une vieille femme énergique et tenace. Le groupe espérait qu'avec une matrone telle qu'Angèle il recouvrerait rapidement ses esprits et redeviendrait le Charles d'avant.

Angèle le prit sous son aile et patiemment lui fit prendre le chemin de la raison. Elle l'obligea à se lever, se laver, dire ses prières chaque jour. Puis elle l'obligea à participer aux travaux ménagers, à donner à boire aux chevaux, à réparer les objets du quotidien, à s'occuper, à ne plus être oisif et inutile. Puis elle le laissa prendre quelques initiatives et peu à peu le goût de l'effort lui revint. Le fait de manger régulièrement des choses saines et de boire raisonnablement lui redonna des forces et son esprit empreint de mélancolie, reprit le sens des réalités.

Un matin, Charles se leva, se lava, dit ses prières et vint vers Angèle. Il lui prit ses vieilles mains ridées et déformées par l'âge et les travaux des champs, les porta à ses lèvres et lui dit simplement et humblement en la regardant avec insistance et respect :

— Merci.

Malgré sa grande expérience, Angèle était désemparée, les larmes lui montèrent aux yeux, mais ne voulant pas afficher son désarroi, se ressaisit et dit à Charles :

— Maintenant, tu peux partir.

Les paroles qu'elle venait de prononcer lui brûlaient les lèvres, tant cela ne correspondait pas aux sentiments à son égard, mais elle savait que c'était ce qu'il fallait dire. Elle sacrifiait son affection pour Charles pour le bien de la communauté. Charles se retourna lentement et s'éloigna de la maison d'Angèle. Lui aussi avait les yeux humides mais dès qu'il fut au-dehors, l'animation du camp le saisit et il redevint presque le Charles que tout le monde connaissait.

Cet épisode avait marqué Charles et c'est comme s'il avait vieilli brutalement. On le sentait plus réservé, moins spontané que par le passé, un ressort s'était cassé quelque part et cela lui donnait un air nonchalant, mélancolique.

Le temps était venu de quitter ses compagnons, il le fit simplement en visitant les uns et les autres, puis il enfourcha sa monture et disparut derrière le bouquet d'arbres qui bordait le village et personne ne le revit jamais.

Sa légende perdura pendant quelque temps, le temps qu'il faut pour que les témoins directs s'évanouissent ou meurent afin que la mémoire humaine laisse place à l'oubli, au néant ou pire, au désaveu. À quoi avaient servi ces sacrifices, ces actes de bravoure pour une cause ou pour une autre, si aussi peu de monde ne se souvient des femmes et des hommes acteurs de leur vie, perdus dans l'Histoire de l'Humanité oublieuse de leur sacrifice.

On estime que plus de dix mille cadavres de ces guerres de Vendée attendent toujours une sépulture digne de ce nom. Ils reposent quelque part dans les bois et les fossés des Pays de la Loire. Loin des ors de la République, aucune commémoration ne les a réhabilités depuis près de deux cent cinquante ans, aucun discours de repentance des autorités gouvernementales n'a été prononcé, aucune marque de condamnation du génocide orchestré par la Convention envers les Vendéens n'est formulée sur les annonces officielles. Tous ces morts font partie des dommages collatéraux que les démocraties modernes montent en épingle pour intenter des procès pour crime contre l'humanité, mais nous, la « Patrie des Droits de l'Homme » oublions combien nous avons contribué au massacre des Vendéens.

Chapitre 8
Quel avenir pour Marie ?

Depuis le départ d'Henry, Marie se morfondait dans la maison de son oncle. Le fait d'avoir laissé partir son amour naissant lui causait un grand vide et elle avait bien du mal à combler cette absence. Tout lui rappelait les mots doux dont Henry la gratifiait, les caresses furtives sur les parties du corps qui ne laissent aucune équivoque sur la destination érotique qui flatte la personne à qui elles sont destinées. Henry lui manquait, elle l'avait dans la peau et c'est une maladie insidieuse qui ne laisse aucun repos aux personnes qui en sont atteintes.

Rogatien s'était aperçu de ce changement d'attitude depuis le départ des naufragés. Il se disait que cela passerait avec le temps, mais rien n'y faisait. De mois en mois, Marie était de plus en plus réservée. Elle qui autrefois égayait la maison de sa présence, était aujourd'hui éteinte. Elle allait et venait comme un être désincarné, sans âme, sans volonté ni capacité à se projeter dans l'avenir. Puis Rogatien se rendit compte que Marie se métamorphosait, elle semblait grossir, sa poitrine avait pris de l'ampleur, ses hanches s'alourdissaient, sa démarche si légère autrefois marquait des moments de fatigue. Il fallait qu'il ait une conversation sérieuse avec sa nièce qu'il soupçonnait d'être enceinte.

Rogatien amena la conversation par le biais du bien-être. Il profita d'une belle journée d'été pour lui poser quelques questions personnelles sur sa satisfaction à vivre au grand air à La Plaine près de la plage du Cormier. En parlant de choses et d'autres, il en vint à sa condition présente.

— Ma chère nièce, je me rends bien compte que le départ des gars de Machecoul te peine, mais il faut se faire une raison, les amours de jeunesse sont faits pour les souvenirs, j'ai de grands projets pour toi !

— Je vous remercie mon oncle, mais je me sens très bien comme je suis, lui répondit-elle.

— Je te trouve soucieuse, quelque chose ne te conviendrait-il plus depuis que nous avons retrouvé nos repères après cet épisode du naufrage ?

— N'en parlons plus, je vous prie, ces affaires ne regardent que moi !

— Comme je te l'ai dit, je prévois de te faire rencontrer un homme respectable qui pourra assurer ton avenir sans problème, dit-il d'un air paternel.

— Je vous remercie pour votre générosité, mon oncle, mais je vous assure que je n'ai nulle intention de rencontrer qui que ce soit en ce moment !

Le vieux pêcheur changea de ton, il avait du mal à cacher sa curiosité qui petit à petit prenait le dessus sur la courtoisie qu'il avait manifestée lors des premiers échanges.

— Bon, maintenant, je veux savoir ce qui se passe ici, chez moi ! vas-tu me dire ce qui te préoccupe, la raison pour laquelle tu ne t'habilles qu'avec des robes trop larges, tu ne t'occupes plus des réceptions de nos amis, et tu restes cloîtrée dans ta chambre dès que quelqu'un arrive pour nous visiter. Je veux savoir ! cria-t-il d'un ton péremptoire.

— Il me semble que vous avez compris, mon oncle, mon état ne me permet plus d'être celle que vous auriez aimé que je fusse ! répondit-elle humblement.

— Comment est-ce possible ? Moi qui te faisais confiance, moi qui te préparais un avenir radieux, moi qui étais prêt à te laisser tous mes biens ! tu me déçois beaucoup, beaucoup, beaucoup !

Il avait dit cela d'un air faussement en colère car lorsqu'il était réellement fâché le ton était cassant, voire blessant et de plus, il parlait généralement en « paydret ».

Rogatien savait ce qu'il voulait savoir, Marie était enceinte et cela, il ne lui pardonnerait jamais.

Le lendemain matin, Rogatien se rendit chez son notaire à Paimbœuf, cet office notarial s'occupait des affaires de la famille depuis plusieurs générations et les échanges entre hommes de loi et propriétaires s'étaient toujours bien passés.

Lorsqu'il arriva à l'office notarial, ce fut le premier clerc qui le reçut, celui-ci lui expliqua que maître Hiver n'exerçait plus depuis qu'il avait contracté une maladie venue des marins pratiquant le commerce triangulaire entre Nantes, l'Afrique et les Îles. Son état de santé était si préoccupant que celui-ci ne quittait plus le lit depuis plusieurs semaines et que ses médecins étaient très indécis quant à la suite à donner aux événements. Ils s'attendaient tous à une fin prochaine ne sachant réellement de quoi souffrait leur patient.

Rogatien demanda à reporter le rendez-vous mais le jeune clerc lui força la main en prétextant un emploi du temps très chargé et qu'en tout état de cause il lui faudrait revenir une autre fois. Devant les difficultés actuelles à se déplacer, le vieil homme accepta de rencontrer celui qui allait sceller à jamais l'avenir de Marie.

Rogatien demanda l'état exact de ses biens et leur estimation en vue de la rédaction d'un testament pour la répartition des legs à venir. Le jeune clerc s'exécuta et prit le temps de le questionner afin qu'il lui révèle le fond de sa pensée sans que celui-ci s'en aperçoive. Le scélérat était habile, Rogatien tomba dans le piège que lui tendait l'homme de loi peu scrupuleux, mais de plus en plus intéressé par les révélations que lui confiait le vieillard aveuglé par la vengeance qu'il voulait infliger à Marie. Sous un aspect respectueux et conciliant, le clerc donna à Rogatien tous les arguments qu'il cherchait pour déshériter sa nièce. Un acte fut rédigé et déposé dans le coffre de l'office. Rogatien, satisfait de la tournure des événements, prit congé du clerc et se dirigea vers l'auberge où il avait ses habitudes lorsqu'il venait à Paimbœuf pour affaires.

Pendant qu'il passait son temps avec de vieilles connaissances à boire plus que de raison, le clerc alla chercher deux hommes de main qui lui rendaient quelques services obscurs pour des missions inavouables. Les hommes du notaire se dirigèrent vers l'auberge et se mêlèrent aux consommateurs de l'établissement. Ils surveillaient Rogatien sans que celui-ci ne se doutât de quoi que ce soit. La soirée fut longue car le Plainais n'était plus revenu à Paimbœuf depuis bien longtemps en raison des événements que vivait le Pays de Retz. C'est l'aubergiste qui le ramena dans sa chambre et qui le déposa sur son lit. Rogatien n'était plus en état de se mouvoir et cela faisait bien une heure qu'il dormait sur le bout de la table où ses compagnons de soirée l'avaient laissé, tout en précisant au patron que c'était l'homme ivre somnolant qui réglait les tournées.

Le lendemain matin vers midi, le patron s'inquiéta de ne pas voir Rogatien et décida d'aller dans sa chambre pour qu'il la libère.

Lorsqu'il ouvrit la porte, le spectacle qu'il vit le cloua sur place. La chambre était complètement ravagée, tous les meubles étaient ouverts, les tiroirs renversés par terre et Rogatien baignait inanimé dans une mare de sang. Le patron comprit tout de suite que son client avait été victime d'une mauvaise fortune. Pensant à la réputation de son établissement, il envisagea un scénario macabre où il faisait disparaître le corps et toute forme d'agression dans l'auberge. Ainsi s'éteignit le « père Leray » sans laisser de trace de son passage sur terre alors qu'il était à la tête d'un patrimoine non négligeable qui bientôt allait changer de main.

Les jours passèrent et à La Plaine on s'inquiétait de l'absence prolongée du maître de maison. Personne ne savait où s'était rendu le vieux marin parti depuis maintenant plus d'une semaine. Jamais il ne s'était absenté si longtemps sans donner de nouvelles. Bientôt, Marie demanda qu'on avertisse la maréchaussée sur la disparition inquiétante de son oncle. Les autorités mirent quelque temps à réagir, sachant qu'il y avait bien d'autres chats à fouetter par ces temps troublés que de rechercher un homme qui peut-être avait pris quelque liberté avec le cocon familial pour se donner du bon temps. Vint enfin l'épreuve de l'enquête que mena la brigade de Pornic. On interrogea tout le personnel de la maison et plus particulièrement Marie qui faisait partie du cercle intime de Rogatien. La conversation houleuse entre sa nièce et lui fut rapportée aux autorités qui la prirent en compte comme élément à charge envers Marie, ce qui faisait d'elle un suspect potentiel dans la disparition du maître des lieux. Les enquêteurs étaient circonspects car Marie n'avait pas quitté le domicile familial un seul instant alors que Rogatien était parti avec sa calèche depuis plusieurs jours on ne savait où.

Des bruits couraient sur la disparition de Rogatien et cela faisait jaser dans les environs. Un jour, un témoin se présenta à la brigade de Pornic pour signaler qu'il avait vu la calèche du Plainais du côté de Saint-Père-en-Retz, et que, pensant voir son ancien patron la conduire, il avait discuté avec le nouveau propriétaire de l'attelage qui lui avait dit l'avoir acheté à l'aubergiste de Paimbœuf. Les enquêteurs se rendirent donc à Paimbœuf pour obtenir des éclaircissements sur la vente de cette calèche. L'aubergiste dit qu'effectivement, il l'avait cédée pour se dédommager des dettes que le propriétaire de l'attelage avait faites dans son établissement alors qu'il y séjournait pour affaires.

Rogatien s'était donc rendu à Paimbœuf de sa propre initiative ce qui innocentait Marie, mais qu'était-il venu y faire ? L'aubergiste les aiguilla vers le notaire du disparu qui s'était vanté d'avoir joué un bien mauvais tour à son entourage. Les policiers allèrent donc à l'office notarial qui les reçut avec courtoisie et professionnalisme. Le clerc présenta aux autorités le testament que Rogatien avait contresigné et qui était déposé dans le coffre depuis plusieurs jours. Le testament stipulait que ce dernier vendait l'ensemble de ses biens en viager à un bourgeois de Nantes qui cherchait une maison en bord de mer. Le clerc fit celui qui était surpris de la disparition de son client et déclara que, conformément à la loi, il se tenait à la disposition des autorités pour faire avancer l'enquête si nécessaire et que de toute façon il faudrait qu'il informe le nouveau propriétaire en fonction de la suite des événements. Il ne se passa rien d'autre et on conclut à une disparition inexpliquée ce qui mit fin à cet épisode.

Marie fit son deuil et la maison lui parut bien vide. Quelque temps plus tard, elle mit au monde un garçon bien en chair et plein de vie. Les jours passèrent sans que l'on ne parle de Rogatien ni du père de Henri le jeune car tout le monde avait compris en apprenant le prénom du nouveau-né, qui en était le géniteur.

Un jour d'hiver, un homme d'âge mûr se présenta à la maison de Rogatien et dit qu'il en était le nouveau propriétaire conformément à l'acte de vente enregistré chez maître Hiver à Paimbœuf. Marie comprit qu'elle n'était plus chez elle et dut rapidement rassembler ses affaires et emmener son enfant avec elle. Elle ne savait où aller, elle se réfugia chez une voisine avec qui elle entretenait de bonnes relations, mais son hébergement ne pouvait être que temporaire et par cet hiver froid et humide, les perspectives n'étaient pas réjouissantes.

Elle n'avait toujours pas de nouvelles d'Henry, lui qui lui avait promis de revenir dès que possible. Il ne savait même pas qu'il était père et qu'un joli garçon l'attendait à son retour. Elle pleurait souvent car elle se sentait délaissée. Sans amour, sans maison, sans espoir, ce qu'elle avait vécu ces dernières semaines avait complètement anéanti ses ultimes rêves. Tout lui était égal et seule la présence de son fils lui permettait de garder une lueur de vie pour que ce petit homme puisse grandir comme les autres.

De son côté, Henry avait réglé ses affaires de famille. Il avait réussi à retrouver traces de ses parents victimes tous deux de la vindicte républicaine et sacrifiés au nom de la « Révolution ». Son beau-frère lui semblait un complice idéal pour la disparition de ses proches. En faisant table rase autour de la sœur d'Henry, Bertrand, le beau-frère, la mettait à sa merci. Lui qui n'avait pas les faveurs de celle-ci, devenait la seule personne de connaissance sur qui elle pouvait se reposer car, ses frères partis en Virée de Galerne, ses parents disparus, elle se retrouvait seule au monde. En ces temps difficiles, une femme sans famille avait beaucoup de mal à survivre dans une société patriarcale et misogyne.

Tout le temps que dura sa présence à Machecoul, Henry vécut en reclus dans un bois près du bourg. Il ne sortait que la nuit et surveillait tous ses déplacements. Il ne prit contact qu'avec des personnes sûres et connues de lui seul. Jamais il ne communiqua ses contacts afin que ceux-ci fussent en sécurité. Il s'était transformé en ombre, glissant parmi les déserts de la nuit à la recherche d'indices étayant ses hypothèses et consolidant ses craintes.

Lorsqu'il eut accumulé suffisamment d'éléments prouvant l'implication de son beau-frère dans les malheurs de la famille, il rendit visite à sa sœur et lui fit part de ses démarches. Marguerite ne fut pas surprise outre mesure des révélations de son frère et lui permit d'agir selon son gré. Elle savait en femme d'expérience que cela condamnait l'homme qui vivait avec elle et pour lequel elle n'éprouvait aucun amour. Henry prit donc acte de l'accord tacite de sa sœur pour conduire les événements. Fort de ce blanc-seing, Henry se mit en recherche du scénario idéal pour se venger de son adversaire. Il ne pouvait laisser passer cet affront fait à ses proches. Bertrand avait fait disparaître les parents de la fille qu'il convoitait afin de la soumettre à son plaisir et la réduire quasiment en esclavage sous couvert des difficultés de la vie présente, c'était l'ignominie que ne pouvait admettre Henry.

Connaissant la cupidité de son beau-frère ainsi que sa vénalité, il se débrouilla pour lui faire glisser à l'oreille, l'existence d'un trésor présumé, caché près des berges du Falleron. Le complice qu'il avait mis dans la confidence faisait office de conseil auprès du candidat découvreur de merveilles. L'expédition pour l'extraction du magot fut programmée pour une nuit sans lune afin de ne pas se faire repérer si cela tournait mal. Les deux complices se faufilèrent parmi les prairies et les haies jouxtant la rivière et arrivèrent près d'un vieux ponton qui jadis permettait le transbordement des denrées acheminées depuis la mer. En raison de l'envasement dû au manque d'entretien du cours d'eau, cette activité avait peu à peu décliné et se réduisait aujourd'hui à un très faible trafic local. L'endroit était désert et le repère que précisait une lettre anonyme pour la cachette du trésor était le pilier principal du ponton, le trésor se trouvait dessous.

Bertrand, pressé de posséder enfin une richesse qui ferait de lui un homme respectable, se mit à inspecter la pile de ponts et découvrit bientôt un signe sur une pierre qu'il prit pour un indice. Il se mit à l'œuvre pour desceller le moellon, cela lui prit un certain temps et plus il creusait plus son appétit du gain grandissait. Bientôt, suant et soufflant il tira sur la grosse pierre qui faillit dans sa chute lui écraser la jambe. Mais de trésor il ne vit que le reste de l'appareillage de maçonnerie.

— Creuse encore, lui conseilla son complice.

Bertrand, n'écoutant que son appât du gain, se remit à détruire les jointoiements afin d'enlever d'autres pierres. Il se plaça sous le ponton pour pouvoir soulever les cailloux qui obstruaient l'accès du trou béant qui s'ouvrait dans le pilier. Fatigué par les efforts fournis depuis le début de l'opération, Bertrand reprenait son souffle lorsque tout à coup il y eut un grand vacarme et le ponton s'effondra sur le malheureux, victime de sa cupidité, aveuglé par un désir de puissance. Henry avait tout prévu, la marée remontait imperceptiblement et lentement recouvrit le lieu du drame faisant ainsi disparaître le mécréant qui terrorisait sa sœur et avait anéanti sa famille.

Henry se remit en route pour rejoindre Marie, mais cela faisait plus d'un an qu'il l'avait quittée en lui promettant de revenir bientôt. Il était plein d'espoir en vue de sa rencontre future avec son aimée. Les chemins n'étaient guère plus sûrs que l'année précédente. Il lui fallait toujours éviter les villages et bourgades afin de ne pas éveiller les soupçons. Un homme qui cheminait sans animaux de compagnie tels que bétail ou bêtes de trait était suspect. Le chemin vers La Plaine lui prit beaucoup plus de temps que prévu et ce n'est que vers la fin du printemps 1795 qu'il revit la maison de Rogatien. En arrivant près de la porte d'entrée, il ne reconnut pas les occupants, il leur demanda ce qui s'était passé et on lui répondit qu'il y avait eu un changement de propriétaire. Désemparé il chercha à savoir ce qu'était devenus les anciens serviteurs. Il apprit donc la disparition du vieux marin, le départ de Marie et de toute la maisonnée. Il s'enquit de savoir où résidait désormais Marie, on lui indiqua une pauvre masure sur le seuil de laquelle il la reconnut. Il allait courir vers elle lorsqu'elle se retourna pour entrer dans la maison et en ressortir un bébé dans les bras. Elle ne l'avait pas vu, il eut un mouvement de recul car ce bébé prouvait qu'elle était mère et que visiblement elle ne l'avait pas attendu. Le cœur lourd, il se retourna et rebroussa chemin.

Une vague de désespoir l'envahit, ses jambes se dérobaient sous lui, il avait envie de vomir tellement son estomac se nouait, il manquait de souffle et dut s'arrêter pour reprendre haleine. Il s'appuya sur un arbre en attendant de retrouver ses esprits et un peu de vigueur. Se retournant il vit Marie parler à son enfant, il ne distinguait pas clairement ce qu'elle disait au bambin car le vent du large soufflait une brise côtière iodée et déjà chaude pour la saison. Il lui sembla qu'elle l'appelait de son prénom, Henri comme le sien. Se pouvait-il qu'elle ait donné à cet enfant le prénom d'un être aimé jadis. Imperceptiblement, il se rapprocha de Marie pour mieux entendre ce qu'elle disait. Il la regardait intensément et ne pouvait détacher son regard de cette vision de la maternité accomplie, une mère et son fils, icône de la vierge à l'enfant.

Soudain, Marie tourna son visage vers le bout du chemin et vit Henry qui se dirigeait vers elle. Elle eut un sursaut comme si elle voulait cacher sa condition et sa progéniture. Henry était à quelques pas de Marie, elle lui sourit et lui tendit son fils.

— C'est ton petit, je l'ai appelé Henri en souvenir de toi, je t'ai attendu depuis ton départ et te voilà enfin revenu. Elle avait dit cela d'une voix tremblante avec des sanglots mêlant la joie et l'émotion.

— Je suis si content de te retrouver après tout ce temps et tous ces événements, dit Henry en serrant sa compagne et son fils dans ses bras.

Ils restèrent longtemps enlacés et ce fut le jeune Henri qui mit fin à cette étreinte amoureuse en signifiant à ses parents qu'il avait faim. Marie entraîna Henry vers un endroit à l'abri des regards sur le bord de la dune du Cormier et commença à donner le sein à son fils. Henry regardait cette scène comme s'il assistait à la création du monde. Il était fasciné, jamais, même dans ses rêves les plus fous, il n'avait imaginé vivre un tel instant. Marie, lui et leur fils rassemblés après tant et tant d'aventures et d'épreuves. Ils étaient jeunes, en bonne santé, et tous les espoirs leur étaient permis.

Face à l'estuaire de la Loire, bercé par le vent du large, un bambin savourait les plaisirs de la vie. Blotti contre le sein maternel, réchauffé par les rayons du soleil de mai, le jeune Henri s'endormait, une goutte de lait au bord des lèvres. Son père et sa mère, réunis dans un même élan d'amour, contemplaient le fruit de leurs jeunes vies déjà si chargées d'aventures et d'émotions.

Remerciements

Je veux remercier les personnes qui ont bien voulu m'aider dans l'élaboration et la réalisation de ce roman.

Aides affectives, rédactionnelles, orthographiques, linguistiques, historiques, géographiques, documentaires, graphiques et aussi pour leurs sincères encouragements.

En premier lieu mon épouse Anne Marie qui est ma première lectrice, correctrice et critique.

Puis, par ordre alphabétique en essayant de n'oublier personne :

Madame Monnier Joanna.

Messieurs Bioteau Robert, Bresteau Bernard, Brosseau Roger, Durand Christophe, Leray Pascal, Tual Pierrick.

Merci encore à tout mon entourage qui, sachant que j'écrivais un roman sur l'histoire de la région, m'a manifesté son soutien.

Imprimé en France
Achevé d'imprimer en novembre 2022
Dépôt légal : octobre 2022

Pour

Le Lys Bleu Éditions
40, rue du Louvre
75001 Paris